L'ILLUSTRATEUR

Ghislain Loupias est né en 1973 à Rodez (Aveyron).
Sa passion pour le dessin et sa créativité se révèlent dès son plus jeune âge et sont prépondérantes dans le choix de ses études : filières Arts appliqués (BTS Expression visuelle) et spécialisation dans l'image de communication au lycée des Arènes, à Toulouse.
Lors de stages effectués dans plusieurs agences de publicité, en tant que graphiste-roughman, il affirme ses goûts pour l'illustration et les nouvelles images.
Au 20e Salon international de la BD d'Angoulême, il gagne le 1er prix d'un concours de dessin organisé dans le Train Spécial de la BD. Son press-book sous le bras, il rencontre la SEDRAP, qui lui offre l'opportunité de concrétiser avec succès un de ses rêves : être illustrateur dans le domaine de l'édition.

Michel Cosem

Prix de l'Association Nationale
des Conseillers Pédagogiques 2002

MALELOUVE DES TERRES À BRUME

Illustrations de
Ghislain Loupias

Collection dirigée par Régis Delpeuch

ISBN 2-84117-388-7

L'AUTEUR

Michel Cosem est originaire de la région toulousaine. Il fait ses études supérieures à Toulouse où il a fondé la revue *Encres Vives*. Depuis il n'a jamais cessé d'écrire des romans et des poèmes, de rencontrer ses lecteurs et de voyager un peu partout dans le monde.
Il a publié plusieurs livres aux éditions Robert Laffont, Seghers, Gallimard, Larousse, Messidor et Casterman. « Poète du bonheur intérieur » selon Robert Sabatier, « homme d'écriture » selon Jean-Marie Le Sidaner, il a publié récemment de nombreux romans pour la jeunesse : *Les oiseaux du Mont Perdu, Les neiges rebelles de l'Artigou* (Milan), *L'enfant de la légende* et *Émilie et la Dordogne, L'auberge rouge d'Échourgnac* (Fanlac), *Les chevaux du paradis* et *La Rose rouge du désert, Roger de Villerouge* (Le Laquet). Ces romans parlent tout aussi bien des régions du grand Sud aujourd'hui que des pays lointains dans l'espace et dans le temps. Leur point commun est l'imaginaire, le merveilleux, sans oublier la nature et le fantastique.
Michel Cosem est également l'auteur de *Contes traditionnels : des Pyrénées, du Languedoc, de Gascogne, de Catalogne, du Pays basque* (Milan).
Il est l'auteur aussi de nombreux recueils de poèmes et prépare des récits de voyages.

Chapitre 1

La porte grinça et le froid humide du dehors entra soudain dans la pièce. Les hommes de Pleuveterre, rassemblés autour de l'unique ampoule, frissonnèrent. Ils se turent comme des enfants surpris, qui voudraient cacher quelque chose.

Lorsqu'ils reconnurent Julien, ils furent soulagés et ils se poussèrent pour lui faire une place.

L'homme se laissa tomber en soupirant sur le banc et on l'entendit murmurer :

– Je l'ai vue. Elle est là, toute proche, derrière un buisson.

– Répète ! dit avec force le vieil Antonin, tu sais que je suis sourd !
Il avait pourtant compris ce qu'avait dit Julien dont les habits commençaient à fumer. La buée qui montait de ses épaules sentait la terre, la sueur. Tout son être respirait aussi la peur.
– Parle !
Julien était célibataire et passait pour être un peu original. Il était resté au pays pour travailler les terres de ses ancêtres. Il vivait seul de l'autre côté du village. Sa sœur s'était mariée à un ingénieur de la centrale nucléaire toute proche. Rieur, toujours prêt à donner un coup de main, il était vraiment très apprécié.
– Elle est là, dit-il. Elle est peut-être derrière la porte. Elle doit regarder au volet.
Un long moment passa, comme s'il fallait laisser cheminer cette idée dans la tête. Tout le monde ici savait qui était « elle ». Puis, comme le silence devenait insupportable, quelqu'un parla.
– Il y a une forte brume.
– Oui, un vrai brouillard. Collant.
Il n'avait pas besoin de trop expliquer, Julien.

Tous ici savaient qu'avec l'automne la brume était revenue se coller à la terre, se glissant entre les mottes, dans les plus maigres sillons, effaçant les bois de l'horizon.

Sur les chemins perdus, sur les sentes des chevreuils, une légende ancienne était revenue. Il avait suffi d'une rencontre à la nuit tombante, d'une plainte entendue au loin. Cela pouvait être une femme ou une louve. Depuis plusieurs jours s'était réveillée dans l'esprit des gens de Pleuveterre cette vieille peur ancestrale, la légende de Malelouve.

– Raconte, il vaut mieux tout savoir ! s'écria Émile.
Celui qui venait de parler briguerait aux prochaines élections le poste de maire.
– Un peu de café, déclara l'aubergiste, cela remontera le moral.
Les verres glissèrent tant bien que mal sur la table poisseuse.
Dans la triste taverne de Pleuveterre, le silence s'établit, tandis que les hommes buvaient. L'unique lampe éclaira les fronts et les nez. Seuls les regards demeurèrent cachés, mystérieux. Chacun rechercha au fond de sa

mémoire le moment où il avait rencontré cette nouvelle Malelouve.

Ce n'était qu'une légende.
Un jour dans le pays, on ne sait comment ni pourquoi, était née une femme de brume, une errante. Elle avait la peau couverte de fourrure, comme une louve. Elle apparaissait lorsque tombe le soir ou au contraire au tout petit matin, quand le brouillard colle à la terre et rend la vision incertaine.
Au printemps, alors qu'ici l'hiver n'en finit pas, elle s'en allait, disait-on, à la recherche des hommes. Elle se cachait dans les sillons, derrière les souches d'arbres qui subsistaient au bord des chemins, dans les forêts dénudées, palpitante, pantelante, poussant quelques miaulements d'appel et de détresse. On l'avait appelée Malelouve. Ceux qui réussissaient à l'approcher avaient peu de chance de survivre.
Depuis la nuit des temps, la liste de ses victimes était très longue. On ne disait plus de noms puisque l'oubli avait déjà fait son œuvre, mais c'était à cette légende que les hommes de Pleuveterre pensaient intensément ce soir.

Aujourd'hui, ceux qui avaient cru la voir la disaient longue et fine avec des cheveux blonds lui tombant jusqu'à la taille. Son regard bleu était un peu triste. Ses vêtements sans couleurs semblaient ressortis d'une vieille armoire. D'autres disaient qu'elle avait sur elle une peau de loup.

Elle ne demeurait pas longtemps dans les rayons de lumière, se faufilant dans l'ombre et disparaissant rapidement. Certains l'avaient entendue parler. Elle avait, disaient-ils, une toute petite voix, haut perchée et sifflante. C'était tout et c'était déjà suffisant. D'où était-elle ? Où habitait-elle ? Que faisait-elle les jours de soleil ? Nul ne pouvait répondre à ces questions. Nul n'avait non plus envie d'y répondre.

Voilà ce qui cheminait dans l'esprit des quelques hommes attablés dans le café du village. Ils se sentaient protégés dans cet endroit, mais, malgré tout, ils avaient peur.

Cette Malelouve, femme ou bête, qui occupait leur esprit et leur imagination semblait maintenant s'adresser directement à eux.

Ils pouvaient être en quelque sorte les victimes désignées.

– Allons, dit Julien, on ne va pas avoir peur à cause d'une légende !
Les autres grognèrent indistinctement.

Pleuveterre comptait une cinquantaine de familles. Des paysans surtout, mais aussi une institutrice, une secrétaire de mairie et même un ingénieur d'une centrale nucléaire. Il y avait aussi quelques couples de retraités. Tout le monde, à cette heure, se retrouvait dans les maisons bien chauffées et bien éclairées.
Ce soir, pourtant, le cœur du village battait avec Julien, avec Émile, avec Antonin, avec Robert et avec le cafetier, fidèle auditeur de toutes les confidences.
– Bon, dit Julien, cette fois, il faut que je rentre. Demain, je dois livrer du bois dans la ferme des Tertres Noirs, non loin du silo. Avec ce temps, je risque de m'embourber.
Julien vissa sur son crâne dénudé sa casquette grise et sortit sans dire au revoir à personne.
Antonin et le cafetier hochèrent la tête.
– On dirait qu'il a rendez-vous avec elle, bougonna une voix.
La porte s'était refermée. Aucun des hommes ne bougea. Ils écoutèrent les pas qui s'éloignaient.

Robert prit son verre et le vida d'un seul coup.

Robert était aussi maigre que Julien était gros. Son visage semblait taillé au couteau. Lorsqu'on le voyait sur son tracteur, il ressemblait à une sauterelle. C'en était presque ridicule.

– Moi, dit-il fortement, si je la vois dans un champ lorsque je suis sur mon tracteur, je l'écraserai, c'est sûr. Volontairement.

Chapitre 2

Au-dehors, le brouillard pesait. L'air sentait l'herbe écrasée, la terre humide.

Julien hâta le pas. Il avait envie de courir jusqu'au seuil de sa maison située de l'autre côté du village.

Il sentit près de lui une drôle de présence.

« Est-ce un loup ? un chien ? » se dit-il en commençant à claquer des dents.

Il repensa à Malelouve qui traînait justement par ici ce soir-là ; il se retourna brusquement et crut voir dans la brume une jeune femme qui se cachait dans un buisson.

Soudain il entendit (ou crut entendre) une voix haut perchée qui l'interpellait.
– Où vas-tu si vite, Julien ? On dirait que tu as la frousse. Tu pourrais dire bonjour !
Julien rentra sa tête dans ses épaules.
– Je ne t'ai pas vue, fit-il sans regarder le buisson d'où venait la voix. Je ne t'ai rien fait. Je ne te veux pas de mal. Laisse-moi.

Malelouve se mit à rire, du moins Julien le crut. Ses os se glacèrent. Il sentit entre ses épaules comme la pointe d'un poignard.

Le rire de Malelouve siffla comme une aile tranchante d'épervier.
Julien regretta d'avoir oublié sa lampe de poche. Il marcha entre les touffes de buis qui sentaient fort malgré l'hiver. Il enfonça ses souliers dans la terre. Derrière lui Malelouve était encore là. Il entendit sa respiration. Il devina une odeur de mare, d'eau croupie.
Ce n'était plus une femme, même plus une louve. C'était un tout petit tourbillon de brume.
Plusieurs fois il se retourna et ne vit rien.

– Ne me touche pas, se plaignit-il. Je ne t'ai rien fait.
– Mais je ne te fais rien, répéta Malelouve qui éclata à nouveau de rire.

Cette fois Julien avait vraiment peur. Si Malelouve le touchait, c'en était fini de lui. Il le savait. C'est ce que disait la légende, et maintenant, à la légende, il ne pouvait qu'y croire.
Le brouillard qui s'était condensé sur ses sourcils coula en grosses gouttes sur son visage. C'était froid, terriblement froid. Quelque chose cogna dans sa poitrine. Il rechercha désespérément son chemin. Il ne reconnaissait plus celui de sa maison. Ici une pierre, là un tas de bois. Il s'était bel et bien perdu.
Mais où pouvait-il être ? Ce n'était même plus la peine d'appeler. Personne ne l'entendrait. Alors il se mit à courir, au hasard.

Brusquement, Julien sentit ses jambes prisonnières. Il était immobilisé. De l'eau glacée entra dans son pantalon. Tout son corps bascula en avant et ses mains plongèrent dans la boue.

Il était tombé dans la mare, mais il ne s'en rendit pas très bien compte. Il se battait, lui semblait-il, avec Malelouve qui essayait de l'enfoncer un peu plus dans la boue en appuyant sur ses épaules. À chacun de ses mouvements, il s'emprisonnait un peu plus.
Il voulut crier. Mais pourquoi donc aucun son ne franchissait ses lèvres ? S'il avait pu regarder autour de lui, en cet instant, il aurait su qu'il était seul. Malelouve ne l'avait pas suivi. Mais c'était trop tard.

Julien était tout entier enfoncé dans la mare. Il ne sentait plus la boue ni le froid, mais une grande peur qui lui oppressait la poitrine. Il ne pensait plus à rien. Il devina qu'il était perdu et qu'il ne porterait pas, le lendemain, du bois aux Tertres Noirs comme il l'avait prévu.

Ce fut à cet instant qu'il entendit des voix. Elles venaient de tous les coins de la brume. Elles étaient très proches.
– Je suis là ! essaya-t-il de crier.
Mais sa propre voix était fine comme du cristal. Elle ne dépassa pas les frontières de la mare.

Julien entendit distinctement que l'on parlait de lui.

– Où donc est-il passé ?

– Malelouve l'a peut-être emporté pour le manger !

– Ne raconte pas de bêtises, il a dû glisser. On va le retrouver.

– Ah ! s'il n'y avait pas tout ce brouillard.

– On n'a pas regardé dans la mare !

Julien sentit la crainte le quitter. Il essaya encore de crier. Enfin, on allait le tirer de là.

– Il est là ! Je le vois !

Des ombres confuses se rassemblèrent aussitôt autour de lui.

On lui lança une écharpe. On se bouscula sur le bord. Il s'accrocha, il sentit à nouveau la vase qui le serrait, puis qui le quittait d'un seul coup. Le froid aussitôt l'enroba de sa carapace.

Chapitre 3

Robert mit en route le tracteur.
Il souriait tout seul et quelques idées un peu folles roulaient dans sa tête. Le grondement du moteur, d'abord incertain, s'amplifia et la fumée de fuel alla se mêler à la brume du matin.
Le temps allait changer. La radio l'avait dit.
Le vieux chien de la ferme bâilla, s'étira. Il avait le poil humide, ce qui ne l'engagea pas à suivre le tracteur. Il se recoucha. Il n'aimait pas l'odeur de la terre ouverte. Il était trop vieux maintenant pour aboyer en sautillant autour des énormes roues.

Robert avait envie de rire, de se moquer aussi de Julien qu'il avait aidé hier au soir à sortir de la mare. Il n'avait pas vraiment l'air malin, le pauvre homme, tout recouvert de boue.
« Qu'est-ce qui a bien pu se passer ? repensa Robert. Julien, ça j'en suis sûr, n'avait pas beaucoup bu. »

Il sortit le tracteur par la grande porte toujours ouverte qui donnait sur la route.

Un peu d'herbe sèche léchait le goudron. Les champs, derrière, étaient plats, immenses, sans fin jusqu'à l'horizon.
La brume bougea lentement. Au loin, un bois noir ressemblait à une énorme bête allongée.
Sur le chemin de terre qui menait à la parcelle qu'il devait labourer, il s'appliqua à bien conduire l'énorme machine. Le sol était toujours humide et les roues laissaient des traces profondes.

Il plaça le soc de la charrue et enclencha la première. L'acier entra dans la terre avec une étrange facilité et commença son labeur.
Robert avait l'intention de semer du blé.
Il imagina déjà la moisson. Les tiges serrées et ondoyantes, les épis secs et durs au grain généreux. L'été pourtant était loin, très loin.
Que de choses pouvaient encore se passer !

Au loin, trois corbeaux s'élevèrent au-dessus de la brume. Ils hésitèrent dans le ciel sur la direction à prendre et finalement se dirigèrent vers Pleuveterre dont on devinait au loin les maisons rassemblées et les arbres autour de la petite église qui servait de point de ralliement.

Robert tenait fortement le volant du tracteur pour que le sillon soit droit. Retourné, il voyait la terre luisante se soulever puis retomber lentement, comme coupée avec la lame d'un rasoir.

Robert allait et venait sur l'immense parcelle. Il ne faisait plus attention à rien. Absorbé par son travail, il ne vit même pas la brume qui commençait à grosses goulées à l'envelopper.

Brusquement, il freina.
Le tracteur renâcla et s'arrêta. Il y avait là, couchée dans un sillon, la forme d'une femme. Mais était-ce vraiment une femme ? N'était-ce pas un long félin allongé ? Une sorte de lionne ? Une lionne ou un serpent, même si ce n'était pas du tout la même chose. À travers la brume, cette silhouette immobile semblait endormie.

Robert n'en revenait pas. Il jura entre ses dents. Il se mit à trembler. Était-ce Malelouve qui était là ? Il hésita. La peur le troubla. Il se souvint de ce qu'il avait dit hier au café.
La brume lui entra violemment dans la gorge, comme pour lui interdire de parler.

Il commença à se débattre. Il cria à la brume, à Malelouve :
– Va-t'en ! Tu n'as rien à faire ici. Laisse-moi terminer mon champ !
Puis il se tut. Il écouta comme s'il attendait une réponse. À part les battements de son cœur, il n'entendit rien.
Il hésita à descendre de sa machine dont le moteur maintenant avait calé. La brume humide commença à peser aussi sur ses épaules.
– Va-t'en ! cria-t-il à nouveau.
Le bruit de sa voix le surprit. Il y avait des échos sournois dans la brume.
– Va-t'en ! Va-t'en !
La forme avait-elle bougé ? S'était-elle en allée ? Avait-il rêvé ? Furieux, il remit le moteur en route et enclencha aussitôt la vitesse. Il lança le tracteur, sans doute trop vite…

Robert ne se rendait plus très bien compte de ce qu'il faisait. Le tracteur fila vers le sillon où était couchée la silhouette. Il ne vit plus rien, mais il sentit tout de même la machine qui flottait, incontrôlable. Soudain tout s'arrêta.

La machine bascula.
Une forte douleur au dos cloua Robert au sol.
Puis il ne fut plus conscient de rien.

Le soir, au café, on parla de lui. On l'avait retrouvé à demi écrasé par son tracteur. Heureusement qu'on avait pu le transporter jusqu'à Pleuveterre où une ambulance était venue le prendre. Ses jours n'étaient pas en danger, comme l'on dit habituellement.
– Plus de peur que de mal, affirma donc le cafetier. On se demande bien ce qui s'est passé.
Parmi les hommes qui étaient là, il y avait Julien. Il sentait le savon tant il s'était lavé pour faire partir l'odeur fade de la vase. Julien hocha la tête et répéta, comme s'il se doutait de quelque chose :
– On se demande bien ce qui s'est passé !

Chapitre 4

Le lendemain, les enfants de l'école de Pleuveterre entrèrent dans la classe silencieusement. Cela était bien inhabituel. Mademoiselle Méline, l'institutrice, avait facilement deviné à quoi pensaient les élèves.

« Il faut que je les rassure » se dit-elle, tout en constatant combien, elle aussi, était inquiète.

Elle passa quelques minutes à remplir des papiers, sourit enfin en regardant les visages tendus des enfants. Elle ne pouvait plus reculer. Elle avait, en quelque sorte, le dos au mur.

On parla donc aussitôt de la légende de Malelouve.

Les questions furent tout à fait spontanées.

– Une légende, c'est vrai ? demanda une élève du CE.

– Est-ce vrai qu'une légende ça va, ça vient ? fit Aurélie en frissonnant. Pourquoi cette légende est-elle revenue ? Pourquoi a-t-elle fait déjà deux victimes : Julien et Robert ?

– Est-ce qu'une légende s'attaque aux enfants ? demanda Angélique, la sœur de Brice.

– Qui est Malelouve ?

– Malelouve n'existe pas, dit Claude, le plus gros de la classe, celui qui avait toujours besoin de faire le savant.

L'institutrice observa ses élèves les uns après les autres en portant un peu plus d'attention à Brice, le neveu de Julien.

Brice était attentif comme à son habitude. Attentif et sérieux plus qu'on ne l'est habituellement à son âge.

C'était le fils de l'ingénieur de la centrale nucléaire. Il aimait avant tout les histoires et les légendes. Celle de Malelouve l'inquiétait pourtant. Elle était là toute proche. Il ne

s'agissait pas de lointains châteaux ou d'îles magiques que l'on trouve si agréablement dans les livres.
Brice leva la main. Mademoiselle Méline lui donna aussitôt la parole.
– Pouvez-vous nous raconter exactement cette légende ?

La jeune institutrice refusa farouchement. Sa réaction étonna tout le monde. Elle-même en fut surprise.
– Écoutez, dit-elle enfin d'une voix mal assurée, ce que vous entendez concernant la légende de Malelouve, ce ne sont que des superstitions… des mensonges. Ce n'est pas vrai, je vous l'assure. Quand on a peur, quand on se sent perdu au bout du monde, quand la brume se colle à votre peau et efface votre regard, on invente des histoires. Celle de Malelouve est inventée. Je vous en prie, n'y croyez pas. N'ayez pas peur lorsque, le soir, vous allez d'une maison à l'autre. Malelouve n'est pas là pour vous attraper et vous dévorer dans un sillon. Julien, l'autre jour, s'est fait peur lui-même, et c'est tout seul qu'il est tombé dans la mare. Quant à Robert,

il a eu tout simplement un accident avec son tracteur, comme il en arrive beaucoup partout en France, chaque année. Malelouve n'y est pour rien, parce que Malelouve n'existe pas...

Les élèves écoutèrent mademoiselle Méline dont la voix s'affermit.
Ils furent cependant aussi très étonnés. Pourquoi tant de passion pour quelque chose qui n'existe pas ?
– Mais alors ! Cendrillon, c'est faux ? dit une petite du cours préparatoire.
– Oui, proféra l'institutrice, c'est faux !
Et les sorcières ? Et le diable ? Les farfadets et les fantômes ?
– Oui, tout est faux.
Il y eut un murmure de déception. Il était temps, pour mademoiselle Méline, de passer à la leçon de géographie sur les îles de l'océan Pacifique, sur les courants marins et les courageux explorateurs.

La classe reprit son rythme habituel. Les misères et les dangers du monde devaient attendre à l'extérieur. Et c'était tant mieux !

Mademoiselle Méline respirait mieux.
Un peu plus tard, les sujets d'exposés pour le mois à venir furent distribués : les uns auraient à travailler sur les oiseaux migrateurs, les autres sur Vercingétorix, sur la découverte de la pénicilline, sur les sources de la Seine, la forêt d'Orient, Napoléon à Brienne.
Le sujet qui échut à Brice le laissa perplexe. Il y avait marqué sur son morceau de papier : Le château de Terre.
Il savait qu'il y avait, non loin de la route de Matovilliers, un lieu qui s'appelait ainsi. C'était tout juste un tertre avec quelques arbres qui avaient échappé aux moines défricheurs jadis et aux tracteurs d'aujourd'hui.
Brice se demanda où il pourrait trouver des renseignements sur ce château qui n'existait plus.

Puis ce fut l'heure de la récréation.

La cour de l'école ouvrait sur l'infini des champs. Il n'y avait pas de barrières. Elles auraient été inutiles. Deux marronniers étaient plantés dans la cour gravillonnée. Plus loin se trouvait un if très sombre.

Des générations entières étaient passées là et avaient gardé un souvenir attendri de cet arbre : c'était l'arbre à légendes, car sous ses rameaux touffus les enfants pouvaient se réfugier et se livrer à leurs jeux les plus secrets. C'était un lieu protégé aussi où les adultes ne s'aventuraient pas. On pouvait donc échanger des images que l'on trouvait avec les tablettes de chocolat, des bisous, des promesses, des collections de coquilles d'escargots, des noyaux d'abricots. C'était là que se racontaient toutes sortes d'histoires, et la légende de Malelouve y avait toute sa place.

Chapitre 5

Quelques jours après, à la récréation de l'après-midi, au lieu de s'éparpiller un peu partout, les garçons d'un côté, les filles de l'autre, tout le monde se précipita vers l'if. Lorsque les enfants furent regroupés, bien protégés par les branches du grand arbre, Brice se prépara à raconter son histoire. On attendait avec impatience ce moment-là :
– Malelouve, fit Aurélie avec sa mine gourmande. Tu nous racontes Malelouve.

Brice attendit que le silence se soit bien établi. Un petit oiseau nullement craintif se balança un instant sur une branche. Le garçon prit alors une respiration profonde et goûta, au passage, la bonne odeur de l'if.

– Il était une fois une louve qui ressemblait à une femme ou une femme qui ressemblait à une louve. Elle allait sur les chemins et on la rencontrait à coup sûr les jours de brume. Mais mieux valait ne s'être pas levé ce jour-là, car on devait toujours lui donner quelque chose. Elle réclamait et on n'osait pas lui refuser : une montre, une chaîne, un bijou que l'on garde comme un fétiche dans la poche, une bague (avez-vous remarqué que les habitants de Pleuveterre ne portent plus de bagues ?), une pièce de monnaie.

Les enfants, vous le savez bien, lorsqu'ils s'éloignent du village, emportent des noyaux d'abricots, des coquilles d'escargots, des fleurs séchées si jamais ils venaient à la rencontrer, car s'ils n'ont rien à lui donner, c'est elle qui se sert : un nez, une oreille, un doigt, un œil, voilà ce qu'elle prend. Elle s'enfuit ensuite en sifflant comme un serpent.

Brice fut content de lui. Il avait inventé de nouvelles choses, en ajoutant bout à bout

des morceaux d'autres contes qu'il avait lus, et il était sûr que cela ferait partie désormais de la légende.

– Les enfants, c'est l'heure ! cria mademoiselle Méline.
L'institutrice revenait juste de la mairie, de l'autre côté de la petite place herbeuse de Pleuveterre. Elle était allée parler avec la secrétaire. Pendant qu'il racontait sa légende, Brice l'avait aperçue s'agitant sur les escaliers. Que pouvaient-elles bien se dire avec tant d'animation ?

Les élèves s'assirent en silence. L'institutrice prit à nouveau un visage sévère ; elle remua vigoureusement ses boucles blondes. Elle voulait donner de l'importance à ce qu'elle allait dire et les enfants le savaient bien :
– Faites bien attention, ne vous éloignez pas le soir de vos maisons. Ce que je vous ai dit au sujet des légendes dont il ne faut pas avoir peur est vrai, mais on ne sait jamais…
C'était rare qu'elle prenne ce ton-là. À en juger par sa voix qui tremblait un peu, elle aussi avait peur.

Chapitre 6

L'hiver était désormais très proche. Il y eut de la gelée blanche sur le bord des talus et au sommet des sillons. Les toiles d'araignées liant les mottes entre elles s'alourdirent et craquèrent. La fumée de bois qui montait des cheminées donnait une bonne odeur à la brume. Dans les enclos des maisons, les pommes étaient tombées depuis longtemps et l'on hésitait à les ramasser, car on disait qu'elles n'étaient plus bonnes. Les limaces se glissaient dans l'herbe et devenaient de plus en plus grosses. Au loin, comme des insectes qui vont et viennent sur un fil, les tracteurs labouraient les champs.

Brice était tout seul à la maison. Ses parents étaient allés faire des courses à Matovilliers, le bourg le plus proche où se trouvaient tous les magasins. On l'avait chargé de garder la maison.
La nuit arriva plus tôt que prévu. Les ombres s'allongèrent derrière le carreau. Brice résista à la peur. Il regretta soudain que sa sœur Angélique, à laquelle il n'accordait pourtant pas beaucoup d'importance, ne soit pas là. Peut-être se serait-il lui-même amusé à l'effrayer, mais il se serait rassuré en même temps.

Soudain, sans qu'il sache trop comment, il sentit qu'elle était là, Malelouve, comme une ombre malfaisante tapie dans les recoins les plus secrets – et les plus familiers – de la maison. Elle le guettait. D'un instant à l'autre, elle allait se précipiter sur lui. Il allait être la victime du plus cruel des guets-apens.

Il frissonna.
Il se glissa dans la cuisine qui lui parut à cette

heure plus sûre. Il n'y avait rien sous la table. Il s'assit là, regardant à travers la vitre barrée par le rideau à carreaux rouges.

Rien ne se passa. Son cœur battit plus faiblement. Un chien hurla au loin puis se tut. Trois corbeaux noirs (comme dans les légendes) planèrent en silence du côté de l'if.

La brume, avec la tombée du jour, était redevenue plus dense et effaçait maintenant les arbres de l'école.

Brice sentit le froid l'envahir. Il avait oublié de rallumer le chauffage et de mettre du bois dans la cheminée vide.

L'ombre gagna un peu plus. Des reflets sombres glissèrent le long des vitres.

Brusquement, tous ses sens furent en alerte. Ses yeux s'arrondirent de terreur : il vit passer lentement sur le chemin une grande femme habillée de noir, aux longs cheveux blonds. Il sembla à Brice qu'elle était accompagnée par un chevreuil à la peau claire. Les bois de la bête se perdaient dans l'ombre des buissons.

Avait-il bien vu ? Avait-il rêvé ? Brice ne savait plus. La nuit gagna un peu plus en profondeur après cet étrange et troublant passage. La silhouette disparut vers la maison habitée par l'institutrice. Qui donc rendait visite à cette heure à mademoiselle Méline ? Quelle était cette inconnue inquiétante qui, à la nuit tombante, était entrée mystérieusement dans le village ?

Brice eut beaucoup de mal à se remettre de ses émotions. Le temps passa très lentement. Mademoiselle Méline était-elle en danger ?

Le pinceau lumineux des phares éclaira bientôt l'entrée de la maison. Brice essaya de ne plus penser à rien et de se débarrasser de ses terreurs. Il fut soulagé. La vitre embuée s'illumina. Il était temps !

Chapitre 7

Le cafetier avait eu la curieuse idée d'afficher sur le mur une photo qui, au lieu de représenter des cocotiers et des îles de l'océan Pacifique, montrait tout simplement un énorme tracteur, un peu penché, en train de labourer. La terre était luisante, bien tracée, les sillons droits et il y avait en haut, à droite, un tout petit nuage blanc du plus bel effet.
Pourtant on ressentait ici la solitude et l'ennui.
Les annonces publicitaires n'y pouvaient rien.

Les hommes du village qui venaient en fin d'après-midi portaient encore de la boue et de la terre sous leurs semelles et, en ce moment, pas mal d'inquiétude dans le cœur.
Ils étendaient leurs pieds vers le poêle et la boue séchait vite, tombant sur le carrelage froid, comme les petits morceaux d'un puzzle.

Cette fois encore, chacun avait envie de parler de Malelouve. Tous l'avaient rencontrée.
Il était inutile désormais de cacher l'aventure.
– Un soir, je rentrais en voiture et je vois

quelqu'un qui court sur la route. J'ai d'abord cru que c'était un grand chien, puis un vieux chevreuil car il n'allait pas vite. J'ai à peine freiné et j'ai vu Malelouve. Elle m'a regardé avec son air de chouette. Je crois qu'elle m'a souri. Elle a fait un geste comme si elle voulait arrêter la voiture. Mais j'ai accéléré et je l'ai laissée sur le bas-côté, semblable à une souche d'arbre.

– Moi, c'était du côté du Bois Noir. Je voulais mettre un collet pour les chevreuils dont on voit tant de traces par là-bas. Je me suis approché d'un buisson. J'ai entendu un gémissement. J'ai cru qu'il y avait une bête qui était malade ou blessée. Mais c'était Malelouve qui était couchée dans l'herbe…

La porte grinça et Émile entra. L'air du dehors fit valser la fumée de cigarette autour de la lampe. Une langue de froid entra insidieusement jusqu'au milieu de la pièce.

– De quoi parlez-vous ? Je parie que c'est de Malelouve !

– De rien, affirma le cafetier.

– Vous n'êtes que des enfants, Malelouve n'existe pas !

Personne ne répondit. Émile pouvait croire ce qu'il voulait. Son tour viendrait peut-être. À quoi bon faire le fanfaron ?

Un long silence suivit.
Le cafetier remplit les tasses. Une langue claqua dans le silence. C'était le signal.
– Je me demande où elle peut habiter.
– On a parlé de la Maison Brûlée, mais je suis allé plusieurs fois par là-bas à la chasse. Cette maison est une ruine. Qui donc pourrait l'habiter ?
– Je suis sûr, quant à moi, qu'elle habite le château de Terre.
C'était vrai que ce lieu, perdu comme un îlot au milieu des terres à blé, avait une mauvaise réputation. Cela ne datait pas d'hier. Jadis un mauvais seigneur y avait installé sa demeure et l'on parlait encore de ses cachots profondément creusés dans le sol. Mais cela datait du Moyen Âge. Cela n'avait plus aucun rapport avec la réalité d'aujourd'hui.
– C'est un être fantastique, cette Malelouve. Elle n'a pas besoin de maison, vous pouvez me croire. Elle est comme les loups, comme les chevreuils. Elle trouve refuge dans un sillon,

dans un terrier de blaireau, dans un buisson d'épines.

Émile participa comme les autres à la discussion. Brusquement, il se leva et sortit sans rien dire.
La nuit tombait ; mais au-dessus des terres le ciel était encore lumineux. Des nuages bas arrivaient de l'ouest en bataillons serrés. La brume, pour un temps, s'était levée et le petit monde de Pleuveterre s'en trouvait réduit.

Émile eut envie de marcher. Avec l'âge, c'est parfois une nécessité : les jambes ont du mal à se mettre en route, mais ensuite elles vont toutes seules.
À l'horizon, du côté du château de Terre, la déchirure lumineuse du ciel s'amincit.
Émile se retourna brusquement. Les lumières de Pleuveterre étaient déjà lointaines. Juste un petit paquet d'étoiles. Le chemin disparut dans l'eau noire de la nuit. Il fallait retourner.

Émile pensa malgré lui à Malelouve. Peut-être était-elle là avec ses yeux de félin à le regarder. Elle hésitait : allait-elle bondir sur lui ?

Allait-elle éclater de rire ? Allait-elle geindre ? Comment faire peur à cet homme qui semblait un roc et qui s'était aventuré si loin – par provocation sans doute – alors que la nuit devenait de plus en plus profonde ?
Un frisson parcourut l'échine du futur maire.
Il rit, car il savait qu'il était venu en effet provoquer Malelouve.

Mais Malelouve ne voulait pas de lui.
Le silence tout autour de l'homme était épais. Pas le moindre craquement, le moindre sifflement. Le ciel et la terre se mélangeaient dans une épaisse pâte noire. Alors il regarda l'endroit où il mettait les pieds et suivit le chemin à la trace des roues de tracteur et de l'alignement des petites touffes d'herbe qui faisaient une raie un peu plus claire.
Émile rentra chez lui.
– Il est tard, dit sa femme.
Une bonne odeur de pain grillé, d'omelette aux châtaignes occupait la cuisine. Il s'assit sans rien dire.

Chapitre 8

L'hiver était devenu plus froid, plus dur. Les labours continuèrent encore, car les terres à blé et à maïs étaient infinies et ne pouvaient attendre. Les paysans semblaient n'en avoir jamais terminé. Les tracteurs s'avançaient en grommelant, insectes minuscules vus de loin, bêtes énormes et conquérantes vues de près. La silhouette de Robert, revenu de l'hôpital, était toute petite, à peine visible à l'intérieur de son habitacle, et c'était pourtant lui qui guidait cette force d'acier, qui éventrait la terre et tissait cette sorte de filet s'en allant jusqu'au ciel.

Brice regardait cette terre avec amour. Il n'avait pas d'autre choix. Il vivait en ce pays, on ne lui avait pas demandé son avis. S'il avait eu à choisir, il aurait probablement mieux aimé être au bord de la mer ou dans la montagne. Au fond de lui-même, cependant, il n'en était plus sûr du tout.

Ce mercredi, il partit à vélo. Du côté du château de Terre. Il emprunta les sentiers à peine visibles, souvent labourés par les tracteurs.
Plus personne ne passait par ici, sauf les chevreuils et les cerfs.
Brice fila, sautant par-dessus les mottes lissées, pareil à un oiseau, simplement livré à son instinct qui lui procurait une belle impression de vitesse.

Soudain tout changea. Dans ses oreilles, un autre bruit étranger s'était glissé. Il s'agissait d'un halètement, d'un martèlement du sol, d'une course autre que la sienne.
Il se retourna et il eut peur.
Derrière lui, il découvrit trois ou quatre grands chiens à la fourrure ocre.
Le garçon ne pouvait bien distinguer dans

son affolement. De plus, des reflets luisants passaient sur les pelages.
Des bêtes en tout cas énormes avec des yeux rouges, une longue langue d'où jaillissaient des gouttes de bave.
C'était une vision digne d'un film d'horreur.
Il se retourna à nouveau : il avait bien à ses trousses trois bêtes aux flancs étroits, à l'échine souple qui remuaient de petites oreilles dressées, taillées comme des lames, pointées cruellement vers lui.

Brice appuya sur les pédales. Ses bras, qui tenaient fébrilement les poignées du guidon, lui firent mal. Sa seule pensée était de fuir. Mais où ?
Il n'avait nulle issue malgré l'immensité du pays. Où trouver ici un refuge ? Où se mettre à l'abri de ces bêtes sorties d'un cauchemar ? Toutes ces idées se bousculèrent dans sa tête, mais l'essentiel était de fuir à tout prix. Il alla, sans s'en rendre compte, directement sur le château de Terre.
Brice devinait dans son désarroi la touffe d'arbres noirs et les anciennes barrières cassées. À mesure qu'il se rapprochait de ces lieux,

à la si mauvaise réputation, l'excitation de ses poursuivants augmenta.

Soudain un sifflement fila dans l'air plus vite que n'importe quelle bête sauvage.
Brice se retourna encore et vit les chiens s'éloigner, puis se coucher dans les sillons, abandonnant leur proie pour une raison inconnue.
Désormais la vie de Brice n'était plus en jeu. Il se relâcha, fit un faux mouvement et finit par basculer par-dessus sa machine.
Une fois à terre, Brice reprit haleine. Il se sentait vidé, ne comprenant pas très bien ce qui lui était arrivé.

Ces chiens jaunes, rouges ou noirs, avaient-ils jamais existé ? N'était-ce pas son imagination qui lui avait joué un mauvais tour ?
Brice, vraiment, se le demandait.
Maintenant il fallait qu'il rentre à la maison. Ses vêtements étaient pleins de boue et son genou saignait un peu. La roue avant du vélo était voilée. Il faudrait, une fois encore, le porter à Matovilliers.

Chapitre 9

Ce jour-là, Brice prit la boîte de soldats de plomb que sa grand-mère lui avait offerte et s'éloigna dans un champ. Un tracteur avait profondément entaillé la terre, dressant des falaises lilliputiennes, parfois même des pics, des chaînes de montagnes, des crevasses, des vallées.
Le garçon chercha un endroit presque plat où les mottes étaient moins vigoureuses et où il restait un peu d'herbe rase. Il trouva ce qui lui convenait et ouvrit la boîte.

Brice posa un à un les soldats de plomb sur le sol. L'air, la lumière semblaient éveiller en eux un semblant de vie. Ils devaient dormir dans cette boîte depuis si longtemps ! Il organisa minutieusement une rangée, puis une autre. Il plaça des éclaireurs juchés sur les monticules. Les tirailleurs étaient quant à eux en position d'attaque et des tireurs furent disposés, un genou à terre, à l'écart...

Ici même, il y avait bien longtemps, des soldats s'étaient affrontés pour de vrai. Ils avaient creusé cette terre pour se cacher, pour s'approcher de l'ennemi et lui lancer des grenades meurtrières. Certains soldats avaient bondi aux ordres de leurs commandants sur les remblais de terre en poussant des cris d'effroi tandis que les balles des fusils claquaient et que certains retombaient inertes.

Ces soldats de plomb de la grand-mère rappelaient étrangement cette guerre de 14-18 si terrible dont on parlait encore en baissant la voix, citant le nom des batailles et le nombre des morts.

Ce n'était qu'un jeu, un simple jeu.

Brice pouvait imaginer les tranchées ennemies, les bois herbeux où se cachaient les guetteurs

ou les postes d'artillerie. Il prit des mottes et les lança comme des obus sur l'ennemi. La terre éclatait en plusieurs morceaux avec des effets dévastateurs.
Il suffisait de faire un pas pour passer chez l'adversaire. Brice prit de nouvelles mottes et les lança sur ses propres soldats. Toute une rangée fut fauchée, seul le clairon demeura debout, d'autres furent ensevelis.

Brice arrêta enfin ce jeu. Il reprit un à un les soldats de plomb, les nettoya et les rangea dans la boîte avec le coton. Les petites figurines n'avaient pas changé malgré l'âpreté de la bataille. Elles avaient les traits enfantins, étonnés, les uniformes impeccables et les képis vissés sur les têtes.
Il compta les figurines. Il en manquait une. Il ratissa la terre avec les doigts et il ne trouva rien. Il se redressa et survola le champ de bataille pareil à un avion de reconnaissance. Toujours rien. Où donc était passé le soldat ? Il ne voulait pas repartir sans l'avoir trouvé, sans l'avoir libéré de cette terre cruelle. Le soldat de plomb avait bel et bien disparu.
– Je reviendrai te chercher, fit Brice en reprenant le chemin de sa maison.

C'était un engagement, mais il n'était pas sûr de le tenir.

Brice revint à Pleuveterre, plus tard que prévu, tout en serrant contre sa poitrine la boîte de sa grand-mère.
Il devait aller à la mairie où la secrétaire lui avait préparé les rares documents évoquant la vie passée du village et de la région.
– Ah, te voilà ! dit-elle, je t'ai mis tout ce que j'ai trouvé. Si tu veux, la prochaine fois je commanderai au bibliobus des histoires de la région plus développées. J'espère que tu trouveras quelque chose d'intéressant.
Brice posa sous la table ses jouets et commença à lire.

Émile poussa brutalement la porte du café. Des mèches de cheveux pendaient sur son front. Ses yeux portaient encore des traces de stupeur.
– Je l'ai vue, dit-il.
Il s'assit et il se tut.
Tous les autres hommes l'interrogèrent du regard.
– Je n'ai rien d'autre à dire, affirma-t-il.

Il frappa pourtant la table de ses deux poings, comme s'il voulait effacer quelque chose, comme s'il ne voulait plus y penser. Tout le monde attendait, sachant qu'Émile finirait bien par parler. Et cela les intéressait beaucoup plus que les élections.

– J'ai failli l'écraser.

Manifestement, Émile n'avait plus toute sa tête. Il hésitait. Il prit le verre que le cafetier glissa devant lui, le remua et le reposa.

– Elle m'a parlé !

– Qui ? s'écria Julien. Dis-nous la vérité. Malelouve t'a parlé ! Tu es devenu fou ?

– Oui. J'étais allé à Matovilliers pour une réunion sur les élections. Bref, je rentrais ici lorsque dans les phares de ma voiture, je crois voir un chevreuil. C'était une grande bête au pelage roux. Mais pas un chevreuil. Ça non. Une sorte de grand chien peut-être, mais je n'en ai jamais vu comme ça. C'était effrayant. Une fois la surprise passée, j'ai freiné et j'ai regardé dans le rétroviseur. La bête courait derrière moi sur le bas-côté de la route. Alors j'ai été pris de frayeur : j'ai tourné et je suis revenu vers elle pour l'écraser. Je suis monté sur le bas-côté. Il doit y avoir encore les traces.

J'ai failli la cogner et cette fois on aurait été débarrassé de cette saleté. Ma voiture a fait une embardée, j'ai cru que ça y était. Mais il n'y avait plus rien sur le bord de la route. J'ai entrouvert la porte pour voir où j'étais, et c'est alors que j'ai entendu quelqu'un qui me disait :
– Sale individu. Tu n'as pas honte de vouloir écraser une bête qui ne t'a rien fait ?
C'était une voix de femme, un peu pointue. J'ai refermé la porte au plus vite et j'ai filé. J'en tremble encore de peur.
– Oui, c'est elle, conclut Julien. C'est elle, j'en suis sûr. Mais comment une bête peut-elle parler avec une voix de femme ?
Et il sortit précipitamment en claquant la porte derrière lui.

À l'école, ce jour-là, Aurélie fit passer à Brice un petit papier où était écrit :
« Attention, Malelouve peut te manger. »

Chapitre 10

Depuis qu'il était tombé dans la mare, Julien n'était plus du tout pareil. Il parlait tout seul en faisant de grands gestes. On le voyait traverser le village en courant comme s'il était poursuivi. Il allait aussi longuement tourner autour des arbres de l'école, puis se cacher dans l'if aux légendes. Mais ce n'était pas tout. On le découvrait à quatre pattes dans les chemins et les champs.

– Il est devenu fou, disait Émile. Le pauvre n'a plus sa tête.

Tout le monde était gêné mais approuvait. Il n'y avait plus aucun doute là-dessus.

Pourtant, chaque fois qu'il ouvrait la porte du café, Julien semblait guéri. C'est-à-dire qu'il était comme avant. Ses compères d'abord le regardaient avec inquiétude, puis oubliaient très vite ses excentricités.

Alors on parlait de la brume qui ne cessait de peser sur Pleuveterre, de l'hiver, de la solitude du village.

Julien racontait des histoires à voix basse pour faire enrager Antonin le doyen qui avait

l'oreille dure.
Rien ne laissait prévoir qu'une fois sorti, il allait détaler comme un lapin, tourner autour des arbres et se coucher par terre, aboyer comme les chiens du village.

Mademoiselle Méline n'en parlait pas, mais de temps à autre elle répétait aux enfants qu'il fallait se méfier, qu'il ne fallait pas traîner trop longtemps dehors le soir après l'école. Ses paroles un peu trop imprécises faisaient peur. Une crainte obscure rôdait désormais tout autour du village.

Brice éprouvait un grand sentiment de solitude au milieu des siens…
En effet on s'intéressait le soir aux nouvelles du monde, des USA à la Russie, du Nord au Sud, aux élections en Nouvelle-Guinée, aux attentats au Kenya, aux dictatures, à la démocratie. Tous en discutaient, père et mère et même Angélique la petite sœur.
Pleuveterre semblait ne pas exister, nul ne prononçait le nom de Malelouve. Quant à l'histoire du château de Terre, personne ne pouvait la prendre au sérieux.

Brice poursuivait donc seul ses propres pensées. Toutes le ramenaient à Pleuveterre.

À l'école, en revanche, tout avait un écho immédiat.
Sous l'if, le moindre événement prenait de l'importance. Aurélie était au courant. C'est elle qui – en quelque sorte – faisait à la récréation le journal télé du village. Elle avait beaucoup de talent pour cela et Brice commençait à s'intéresser à elle. Comme par magie, elle réussissait à faire sortir les nouvelles du café pour les transmettre à l'école. C'était ainsi.

Un soir, Brice, n'en pouvant plus, décida de parler. Il coupa même la parole au présentateur de télé.
– Qui est Malelouve ? Pourquoi une légende fait-elle tant peur ?
Le père de Brice sembla un instant embarrassé.
– C'est une légende, c'est vrai. Une légende nous vient du passé. Il a pu se produire il y a longtemps des événements mystérieux qui ont frappé l'imagination des gens. Et à force d'en parler, les événements sont restés dans les mémoires…

– Oui, mais Malelouve existe bien. Il y a une explication ? insista Brice qui voulait vraiment mettre un terme à ses frayeurs intérieures.
– Peut-être y a-t-il eu une fois une femme un peu sauvage qui vivait avec les loups. Les gens de Pleuveterre avaient peur d'elle...
– Et pourquoi Malelouve est-elle revenue ?
– Ça, je n'en sais vraiment rien.
On revenait donc à la case départ.

Émile, après la soirée où il avait essayé d'écraser Malelouve, avait repris tous ses esprits. Il avait maintenant les idées plus claires. Il choisit, pour en parler haut et fort, les marches de pierre blanche de la mairie qu'il convoitait.
– Il ne faut pas que le village sombre dans la folie à cause d'une légende, proclama-t-il. Nous sommes en présence d'un véritable fléau. Il faut éclaircir le mystère, et pour cela réclamer une enquête à la gendarmerie.
– Oui, tu veux que l'on devienne ridicules avec cette histoire, que l'on se moque de nous et que les gens de Matovilliers, comme par le passé, nous traitent de benêts ? lui répliquait-on non sans raison.

Émile tenait à son idée. Découvrir le mystère devint son obsession. C'était grâce au prestige qu'il retirerait d'une telle solution qu'il pensait battre aux prochaines élections le vieux notaire.

– Je suis un homme de terrain, un homme de la terre, disait-il à qui voulait l'entendre. Je ne suis pas un homme de papier qui a peur du vent et de la pluie. Moi, je n'ai pas peur. Je veux faire éclater la vérité…

Émile, justement, exposait son programme électoral au café lorsque la porte s'ouvrit brusquement. C'était Robert qui était là, agitant ses longs bras.

– Dépêchez-vous, Julien est fou. Il est dans un arbre et il ne veut plus redescendre.

Les hommes vinrent grossir la petite foule qui se trouvait déjà au pied d'un sapin. Il y avait la secrétaire qui criait à Julien de redescendre tout de suite, mademoiselle Méline silencieuse la bouche grande ouverte, les parents de Brice affolés ne sachant que dire « fais attention » comme si Julien, de là-haut, pouvait les comprendre, l'école tout entière, le vieil Antonin qui essayait de faire entendre raison

à son compère haut perché.
Quant à Julien, il était vraiment tout en haut, à califourchon sur une branche. Lorsque toute la population de Pleuveterre fut ainsi rassemblée, il laissa éclater son délire :
– Malelouve aime l'hiver. Elle se promène le long des chemins avec un chevreuil blanc. C'est son ami. Certains disent que c'est son amant. Elle habite le château de Terre où elle élève des corbeaux. On peut la voir presque nue qui se promène dans le givre.
– Il faut faire quelque chose, décida Émile. Il ne peut pas rester là-haut à dire des bêtises.
La mère de Brice était bien de cet avis. Elle trouvait que son frère, là-haut, était ridicule. De plus, il pouvait faire un faux mouvement et basculer dans le vide.
– Je vais téléphoner à un ambulancier, décida la secrétaire de mairie. Il sera transporté à l'hôpital.
– Mais comment va-t-il descendre ? interrogea le père de Brice.

À cet instant Julien, qui avait entendu ce que l'on voulait faire de lui, décida de monter encore plus haut. Il disparut dans la brume

qui, comme par hasard, venait d'envahir le ciel de Pleuveterre.
Les branches étaient de plus en plus frêles tout en haut et l'une finit par casser.
Les gens du village, fascinés par le drame, ne parlaient plus.

Julien avait le visage en sang et ses vêtements étaient déchirés. On alla chercher une couverture. Le cafetier vint avec une bouteille d'eau-de-vie. Mademoiselle Méline fit éloigner les enfants qui commençaient à pleurer.

Enfin on entendit le moteur d'une ambulance.
Elle surgit toute blanche entre les arbres.
Le conducteur se dirigea vers l'attroupement.
Aussitôt des infirmiers bondirent à terre et mirent le pauvre Julien sur un brancard.
Tout cela se passa très vite. Les portières claquèrent et l'ambulance se fondit rapidement dans la brume.
Les gens de Pleuveterre, à nouveau seuls, se regardèrent comme frappés de stupeur.

Chapitre 11

Un mercredi après-midi, après une longue période de pluie, le soleil se montra timidement. Un léger vent d'ouest éparpilla quelques petits flocons blancs qui couraient ici et là comme des insectes insouciants.

Les enfants de l'école trouvèrent le temps long et triste. Plus rien ne venait, ces dernières semaines, secouer la torpeur de la classe. Pleuveterre (avec son café toujours ouvert et toujours fréquenté par les vieux garçons) retournait lentement à son engourdissement centenaire. Mademoiselle Méline suivait le programme : mathématiques, français, biologie, histoire-géographie. Aucune phrase, aucun mot ne laissait supposer que l'imagination prenait le dessus. Brice lui-même pensait que c'en était fini avec Malelouve et qu'il valait mieux, d'ailleurs, ne plus y penser.

Les garçons de son âge l'invitèrent à leurs jeux favoris. Pour une fois, il accepta d'y

participer avec plaisir.
Ce jour-là, il s'agissait d'aller à vélo vers le Bois Noir et la Maison Brûlée. C'était une simple balade sans projet précis. La route était droite, un peu boueuse. On pourrait y sprinter tout à loisir et revenir les joues rouges et le corps bien fatigué.

Ils étaient donc six à se poursuivre à toute allure, à déraper, à se mesurer sans cesse malgré les vélos qui étaient fort différents.
Lorsqu'ils en eurent assez, ils décidèrent d'aller attraper des sittelles dans le bois. Il y en avait là un grand nombre, pareilles à des oiseaux-mouches, qui filaient dans les buissons au dernier moment. Quelques nids anciens étaient accrochés aux branches et les garçons en cueillirent beaucoup.

– Regarde, on dirait des vélos, dit Claude.
Même si ses résultats scolaires n'étaient pas très brillants, il se croyait le chef de la bande.
Au loin, en effet, s'annonçait une file de vélos.
– Je les reconnais, ce sont ceux de Matovilliers, dit un autre gamin.
– Moi aussi, il y a même des filles, ajouta un autre.

– J'ai une idée, dit Claude, on va dresser un guet-apens.
– Un guet-apens ! remarqua Brice. On te voit à des kilomètres !
Il revint dans la mémoire de Brice une parole de mademoiselle Méline au sujet de la guerre contre les Allemands : « Ici les soldats ne pouvaient avancer et surprendre l'adversaire qu'en creusant la terre. » L'amie était la terre, celle qu'il fallait défendre et utiliser au mieux pour exterminer l'ennemi.
Mais Claude, vexé, voulut montrer qu'il avait raison. Le vieil instinct de combattre se ranima quelque peu.
– Suivez-moi ! dit-il comme un caporal de la Grande Guerre.

Courant en file indienne et en essayant de demeurer le plus bas possible au ras des mottes, les garçons de Pleuveterre réussirent à atteindre le Bois Noir. La route qui sinuait un instant passait tout près de ce bois après une large boucle. Brice se laissa prendre au jeu. Le temps que les vélos de Matovilliers arrivent lentement par la route, les garçons de Pleuveterre firent une large provision de mottes.

L'attaque se ferait par surprise et serait impitoyable.

La charge en effet, menée par Claude, fut foudroyante. Les garçons de Matovilliers tombèrent à terre, les vélos s'enchevêtrèrent dans un cliquetis de métal, tandis qu'à chaque coup de motte, de plus en plus humides et collantes, il y avait des cris, des jurons.
En un instant les garçons de Matovilliers furent recouverts de boue. De vraies statues. Mais l'effet de surprise passé, plus nombreux, ils réagirent ; laissant leurs vélos à terre, ils se précipitèrent dans le champ labouré et à leur tour se chargèrent de munitions. Les filles n'étaient pas les moins actives. Contourner le Bois Noir leur fut facile. Il n'y avait pas de repli possible pour Claude et ses soldats. Ce Bois Noir était en effet comme une île au milieu des terres.

Pris à revers, Claude le caporal battit en retraite, et les mottes nombreuses s'abattirent sur les garçons de Pleuveterre, eux aussi rapidement transformés en statues.
Nul cependant ne voulut céder du terrain.

Comme leurs ancêtres, les poilus de 14, ils restèrent en ligne, même si sur leur poitrine et sur leurs épaules s'écrasaient de gros morceaux de terre. Ils résistèrent héroïquement comme il se devait. Une bataille se gagne si l'on est tenace.

Soudain, on entendit dans le Bois Noir un bruit de taillis piétinés. Les jeunes de Matovilliers et ceux de Pleuveterre, surpris, cessèrent la lutte, et c'est alors qu'ils virent surgir une bête aux yeux rouges, énorme et haletante qui en quelques bonds fut sur Claude, renversa une fille de Mato, cogna et lécha le visage de Brice. Cela se fit en un éclair, comme s'il s'agissait d'un immense feu follet. La stupéfaction fut immense et les réactions immédiates.

Les jeunes de Matovilliers rompirent les premiers ; ils récupérèrent leurs vélos et disparurent sur la route à grande vitesse, appuyant fort sur les pédales.
Claude, Brice et les autres se regardèrent alors effarés. Ils étaient eux aussi des statues de terre. Leur peau et leurs vêtements étaient tout entiers recouverts, mais ce n'était point là

la cause de leur frayeur : Malelouve était là. Au sortir du Bois Noir, de quel côté était-elle allée ? Nul ne le savait.
Ils reprirent au plus court la route vers Pleuveterre.

Chapitre 12

Le vendredi passait le bibliobus.

Cette fois, Brice l'attendit avec impatience. Outre de nouveaux documents sur le château de Terre qu'il avait commandés, il avait l'intention d'emprunter une encyclopédie sur les chiens.

Il n'était pas le seul à attendre devant la mairie. Émile, Robert, le vieil Antonin étaient là aussi. L'arrivée du bibliobus était toujours un petit événement.

Le long camion apparut au loin. Il se déplaça lentement comme une chenille puis surgit sur la place.

À peine la porte fut-elle ouverte que Brice entra. Le bibliothécaire lui sourit et lui tendit un livre à grosse couverture de carton noir.
– Voici tout ce que j'ai trouvé sur le château de Terre.
Mademoiselle Méline passa en coup de vent et rendit un livre. Elle repartit très vite vers l'école.
Brice choisit un endroit un peu à l'écart pour voir si cela convenait. L'employé municipal distribua des livres et des magazines aux anciens du village avant de s'occuper à nouveau de Brice.
– J'aimerais aussi un livre sur les chiens, déclara-t-il.
– Qu'est-ce que vous avez avec vos chiens ? fit le bibliothécaire en riant. Mademoiselle Méline vient tout juste de me rendre celui-là.

Le volume s'ouvrit sur une page qui venait d'être lue longuement. Brice y découvrit en guise de signet un trèfle à quatre feuilles.
Il vit la gravure ou apparaissait un énorme chien de couleur brune.
Il lut : « LÉVRIER D'IBIZA : Lointain cousin des lévriers afghans, au poil ras, jaune la plupart

Allure générale
Robe
Tête :
LEVRIER D'IBIZA
LE LEONBERG

du temps, mais pouvant devenir avec l'âge roux ou rouge. Animal très affectueux, toujours en train de courir sans bruit avec de très grandes pattes. Il laisse des empreintes proches de celles des loups. »

Brice eut du mal à assimiler ces informations. La gravure lui montrait une grande bête à l'échine souple, au museau pointu, au regard presque humain.
La présence du bibliothécaire le dérangea.
Il prit les livres.
– Je les emprunte tous les deux, dit-il.
Puis il sauta à l'extérieur du camion et retourna vers l'école, l'air songeur. À cette heure, l'if était désert. Brice ressentit le besoin de s'y arrêter. Il voulait revoir absolument le dessin reproduisant le lévrier d'Ibiza.

Lorsqu'il revint dans la classe, mademoiselle Méline s'occupait justement d'Angélique. Brice retourna à sa place. Aurélie, toute proche, ne fit pas attention à lui.
Le garçon ne bougea pas. Il voulut pourtant attirer l'attention de l'institutrice.
Quand mademoiselle Méline s'approcha de lui,

il prit le trèfle à quatre feuilles et le lui tendit.
– Oh ! dit-elle, merci, je l'avais perdu. Je te remercie beaucoup.

Brice, les jours qui suivirent, eut envie de se retrouver seul et de faire le point.
Comme à son habitude, il partit à vélo un peu au hasard. Loin de Pleuveterre, il s'arrêta et laissa son engin sur le sol. La poignée s'enfonça dans la terre et une roue tourna toute seule en faisant un bruit d'insecte.
Le ciel était tout à fait clair, momentanément dégagé.
Brice pourtant fut surpris car tout près de lui, une sorte de dentelle flottait dans l'air. Un immense vol d'étourneaux était là, glissant, se déployant, se resserrant.
Il y avait des milliers d'oiseaux qui se livraient à cette danse d'une beauté incroyable. Montant droit dans le ciel comme un simple chapelet de perles noires, retombant tel un large filet prêt à englober toute la terre, remontant de plus belle avec une agilité et une rapidité stupéfiantes.
– Que c'est beau ! murmura le garçon, le nez en l'air.

Personne ne put entendre cette émouvante affirmation, mais peu importait à Brice, témoin émerveillé d'une danse d'oiseaux, d'un secret de la nature. Il le découvrait le cœur serré, les yeux avides de tout saisir, la tête soudain totalement emplie par ce phénomène. La beauté l'inonda pareille à une douche chaude et parfumée.
Il s'avança donc dans la terre humide, enfonça ses souliers dans la boue pour s'approcher un peu plus, pour mieux voir les oiseaux.

Plus rien n'existait pour lui, il était lui-même oiseau, montant droit dans le ciel, se laissant tomber comme une pierre, filait à nouveau au ras des mottes, rejoignait d'autres ailes pour être à nouveau en plein ciel avec des milliers d'autres oiseaux comme lui.

La brume effaça tout.
À regret, il reprit son vélo et revint vers le village.

Chapitre 13

La brume s'était abattue à nouveau sur Pleuveterre, faisant du village un petit bout du monde. Le ciel avait disparu. La terre elle-même semblait plus lourde, clouée ici et là par le givre, par les plaques de verglas qui miroitaient parfois comme de grands yeux glauques. On avait l'impression d'être emprisonné pour toujours par la grisaille. Plus jamais le ciel bleu et le soleil ne reviendraient et l'on se sentait triste. Malgré les vêtements chauds, le froid savait comment atteindre ses victimes.

Ce fut justement un jour comme celui-là que le cirque « Mirmano et ses frères » décida de faire étape à Pleuveterre. Il ne pouvait pas mieux tomber pour changer les esprits et apporter un petit air de fête.
Quatre grands camions rouges apparurent très loin. Ils avancèrent lentement à la queue leu leu et leurs reflets les suivaient on ne savait pourquoi. On aurait dit un champ de fleurs qui se déplaçait lentement.

Ce fut Émile qui accueillit le cirque près de l'église. Le patron, monsieur Mirmano, demanda l'autorisation de s'installer sur place et de donner rapidement une représentation.
– Nous avons des animaux savants, des acrobates, un clown. Nous n'avons pas d'éléphants ni de lions.
– C'est avec le plus grand plaisir que je vous accueille, affirma avec une courtoisie insoupçonnée le candidat maire, votre venue nous soulage un peu…
Mais il n'en dit pas plus. Un peu de rêve, un peu de rire ne feraient de mal à personne. Bien au contraire.

Les enfants de l'école, Brice et Claude en tête, assistèrent à cette arrivée. Les gens du cirque placèrent les camions en fonction du futur chapiteau.

Monsieur Mirmano demanda où faire paître ses animaux savants. La place de l'église était suffisamment herbeuse pour nourrir tout un troupeau.

D'un camion bâché descendirent d'abord deux lamas, l'air ennuyé, crachant, secouant dédaigneusement la tête. Ils flairèrent l'herbe de Pleuveterre et à peine eurent-ils envie d'en détacher quelques brins.

Mademoiselle Méline en profita pour expliquer d'où venaient ces animaux et pourquoi ils avaient le corps recouvert d'une vraie fourrure. Puis ce fut le tour de deux chèvres qui se mirent à brouter aussitôt activement. Enfin apparut un chameau avec ses deux bosses, au pelage inégal. Les écoliers lui trouvèrent un regard sévère, sans pitié. Il goûta à peine à l'herbe mouillée et fit quelques pas péniblement, comme un vieillard. On avait peine à croire qu'il aurait pu traverser les steppes d'Asie centrale.

La dernière bête à descendre de la ménagerie fut un magnifique paon, dressé pour le spectacle, étalant sa queue superbe aux couleurs surprenantes.
Les enfants rirent en entendant ses criaillements.
– Et la girafe ? fit Angélique. Il n'y a pas de girafe ?
Non, il n'y en avait pas au cirque Mirmano.
Les enfants furent déçus, mais à cet instant une jolie jeune fille, au visage rieur et à l'accent étranger, s'approcha d'eux.
– Moi, je suis ballerine fil de fer et je m'appelle Cintia.
Brice la regarda avec ravissement.

Tout le monde s'activa. Les lumières une à une s'allumèrent. Un haut-parleur fit quelques essais et diffusa la nouvelle à Pleuveterre où tout le monde était déjà informé, y compris les chiens qui grognaient méchamment. Une voiture avec un haut-parleur partit pour Matovilliers.
Le reste du pays était désert. Mais qui se serait promené ce soir-là sur les routes aurait vite compris que le village était en fête.

Après les mots, il y eut la musique. Les notes dansantes et frétillantes partirent vers les grands labours. Des notes nées plus au sud coururent ici avec l'agilité de lutins et de djinns sur la terre givrée, soudain transformée en dune.

Ce fut un moment surprenant et tous les habitants de Pleuveterre oublièrent très vite l'hiver et leurs soucis. Malelouve n'existait plus. Tous voulaient l'effacer de leur esprit.
Le spectacle pouvait commencer.

Chapitre 14

Dès la nuit tombée, par familles, les gens de Pleuveterre – et quelques-uns de Matovilliers – arrivèrent sur la place de la mairie. Les quatre camions où brillaient des lampions multicolores orientaient les gens vers la porte du chapiteau. La morne solitude du village était bouleversée. La musique faisait le reste avec ses rythmes de danse, ses appels vers des horizons différents.
La nuit noire avait effacé les grandes terres, les longues lignes de sillons, d'où provenait seulement une vague odeur de boue. Tout se concentrait désormais autour du cirque Mirmano, et les gens s'avançaient éblouis comme des insectes.

La représentation commença. Joé émerveilla Brice par son extraordinaire agilité : il virevolta d'un trapèze à l'autre, plongea dans une multitude de cerceaux, avant de grimper sur un vélo et de faire encore des pirouettes invraisemblables.
Monsieur Mirmano, en clown, fit rire et pleurer

tout le monde, et l'on trouva son numéro très réussi.
Quant à Cintia, simplement vêtue d'une courte tunique blanche, elle fit pousser aux spectateurs un ah ! d'étonnement tant elle était jolie et fragile comme de la porcelaine. Elle se livra à des tours de magie, dansa sur un fil, se glissa par les plus étroites chatières, toujours souriante, comme absente d'elle-même. Elle jongla avec des boules de toutes les couleurs, tandis que la musique, comme une pluie merveilleuse, transformait ces instants en féerie.

Brice regarda Cintia fasciné. Était-ce un être humain qui se trouvait là au milieu de la piste ou une sorte de fée ?
La danseuse semblait venir d'une autre planète, légère, lumineuse, aérienne.
Aurélie, comparée à elle, était bien une terrienne, lourde et malhabile. Pourtant les deux jeunes filles devaient avoir le même âge.

L'atmosphère du cirque était pleine de chaleur et de gentillesse. Les gens hurlaient, applaudissaient, félicitaient les artistes.

Vint le tour des animaux. Le chameau entra en semblant injurier tout le monde. Il fit dédaigneusement le tour de la piste, maugréant contre ces gens qui le tiraient sans doute du sommeil, déjà mécontent des tourments qu'il allait devoir endurer loin du désert de Gobi. Les lamas bondirent à leur tour et montèrent sur le dos du chameau. Puis apparut la chèvre enturbannée qui fit rire tout le monde. Elle sauta sur le chameau, puis sur les lamas.

Pour parachever cette pyramide animale, un vol lourd se fit entendre et le paon atterrit au milieu du cirque en criaillant. Il fit aussitôt la roue, et l'on rit à nouveau. Puis, rentrant ses plumes, il reprit son envol et alla se percher sur la chèvre, tout en haut sous l'œil complice de monsieur Mirmano.

À cet instant, on entendit au-dehors un terrible hurlement. Ce fut tout d'abord comme un déchirement du ciel et de la terre. Puis une plainte extraordinaire se transforma en cri de colère coupant comme mille couteaux.

Le paon, affolé, se jeta dans le vide, et son vol lourd vint frôler la tête des spectateurs brus-

quement tétanisés. Brice sentit passer sur son visage un souffle glacial. La chèvre aussi bondit, frappa de ses pattes arrière le sol, saisie de terreur, et passant par-dessus les maigres balustrades, essaya de trouver une issue pour s'enfuir. Les lamas eux-mêmes, pris de folie, allèrent se cogner au mât du chapiteau qui vacilla. Les lumières s'éteignirent. Monsieur Mirmano hurla pour maintenir l'ordre, mais ne fit qu'ajouter à la panique.

Brice voulut bondir vers la sortie à l'instant où le mât allait s'abattre et où la lumière disparut. Il se cogna au chameau qui lui envoya au visage un jet de salive. Brice crut que c'était du sang. Dans un effort terrible, il repoussa d'autres gens autour de lui, qui cherchaient la même issue, et manquaient de l'étouffer.

Une détestable odeur de sueur et de poils mouillés se répandit partout.

Tout le monde hurlait de peur. Chacun appelait un parent. On entendit aussi des grognements et des soupirs. Bêtes et humains se mélangèrent dans une peur brutale et incompréhensible.

Brice lutta pour sortir du cirque, pensant que le chapiteau allait s'affaisser. Il enregistra tous les cris autour de lui. Il sentit les odeurs de fauve. Il reconnut Émile et le vieil Antonin criant le nom d'Aurélie.

Monsieur Mirmano aussi se battait contre lui-même. Il avait toujours redouté un incident comme celui-ci, une terrible panique pouvant faire de multiples morts.
Brice pensa aussi à Aurélie et à Cintia qui peut-être étaient toutes les deux en danger, écrasées, Cintia qui ne devait pas peser plus lourd qu'une plume, Aurélie roulée comme une paille dans une telle panique.
Une terrible poussée finit par jeter Brice au-dehors.

Il reprit conscience le nez dans l'herbe froide. Autour de lui, des gens allumaient des briquets. On criait des noms.
Les gens étaient là serrés maintenant les uns contre les autres, la bouche ouverte, le visage blême, incapables encore de comprendre ce qui s'était passé. Les uns serrant contre eux leurs enfants qu'ils avaient un instant cru perdus,

les autres tremblant encore de crainte, de froid, du terrible frisson qui les avait traversés comme un éclair.

La lumière tardait à revenir. Dans l'ombre cependant se devinait l'immense déchirure de la toile du chapiteau. On constata que personne n'était mort, personne n'était blessé. Monsieur Mirmano courait dans tous les sens, interrogeait les uns et les autres, se rassurait. Il était blême dans son costume de clown.
Le directeur du cirque était suivi par Cintia, recouverte d'une lourde fourrure sombre. La jeune fille avait le visage profondément marqué et triste. Brice l'entrevit à peine et jamais il n'oublierait l'expression de ce visage.

Émile était enfin sorti de sa peur. Maintenant rassuré, il s'était lancé en quête du chameau. On le vit poursuivre l'énorme bête qui broutait paisiblement sur la place de la mairie. Sa poursuite et l'air hautain du chameau qui s'éloignait au fur et à mesure de lui firent rire les gens soudain rassurés. C'était un numéro inattendu et supplémentaire qui soulageait un peu de l'angoisse.

Quant à la chèvre enturbannée, on la découvrit juchée dans l'arbre à l'endroit même où Julien, ces jours derniers, était monté ; les deux lamas et le paon, quant à eux, avaient bel et bien disparu.

Monsieur Mirmano continua à courir d'un côté et de l'autre comme un somnambule. Sans doute rassuré, il cessa progressivement de rire. Joé, lui, demeurait invisible. Brice se rapprocha des camions, espérant retrouver le garçon. Il le vit entortillé dans de grosses couvertures de laine, le regard effrayé, les mains tremblantes. Lui, l'acrobate intrépide, se révélait un petit garçon pouvant avoir très peur.

– Rentrez chez vous, dit enfin monsieur Mirmano qui parlait toujours à la manière des clowns, mettez-vous au chaud ! La représentation est terminée.

Ce fut ainsi que les gens de Pleuveterre s'étonnèrent de retrouver leurs maisons si proches et si rassurantes après cette bien angoissante soirée.

Ils refermèrent leurs portes et mirent

quelques bûches dans le feu. Mais ce ne fut pas facile d'échapper totalement à ce qu'ils venaient de vivre.
Bien peu réussirent à s'endormir.

On découvrit le lendemain un lama égorgé au bord du chemin. L'autre fut aperçu bien plus tard du côté de la Maison Brûlée. Il avait de larges entailles sur les flancs, comme si un fauve avait essayé de le griffer et de le mordre. Émile le ramena de force, mais la bête parut totalement folle. En la voyant, monsieur Mirmano éclata en sanglots et décida qu'il fallait la tuer sur-le-champ.
Quant au paon, on finit par retrouver ici et là quelques-unes de ses plumes éparpillées. Et ce fut tout.

Chapitre 15

Heureusement l'école reprit, le lendemain, comme si rien ne s'était passé. Elle seule, à sa manière, pouvait effacer les traces du drame. Après ces événements, l'odeur des tables, des cahiers, des crayons et des livres était tout à fait rassurante.

Seuls les traces des camions, l'herbe foulée et l'emplacement du mât attestaient le passage du cirque Mirmano.
En effet les camions rouges s'étaient éloignés dans la nuit et avaient quitté la région. Personne n'assista à leur départ.
Monsieur Mirmano, Cintia et Joé voulaient sans aucun doute oublier au plus vite Pleuveterre.

Brice vécut très mal le départ du cirque Mirmano. La panique, les cris, les larmes avaient remplacé dans sa mémoire les instants d'étonnement et de bonheur.
Il avait son idée sur le déroulement du drame

mais ne voulait rien dire. Et justement, si personne n'en parlait, c'est que tous savaient que Malelouve en était responsable. C'était elle qui avait hurlé et qui avait déclenché la peur des animaux.
Brice ne pouvait pas oublier. Il repensait sans cesse à Cintia dans son fragile habit de dentelle, princesse des étoiles, partie dans un camion, en catimini dans la nuit comme une voleuse.
Un peu plus tard, il trouva une plume du paon, non loin de l'if aux légendes.

Brice ressentit une grande satisfaction en constatant qu'Aurélie était bien vivante. Dès qu'il la vit le matin, il s'approcha d'elle et l'embrassa sur la joue. Aurélie n'en fut pas émue pour autant. Elle s'attendait peut-être à un tel élan.

Cet après-midi-là, le brouillard montait comme une haute vague sombre, roulant sur les champs et les dévorant pareil à une bête gigantesque. L'institutrice frissonna et siffla très fort pour faire entrer tous les élèves au plus vite, comme si un danger les menaçait.
Ceux qui vinrent du fond de la cour semblaient

sortir d'un monde aquatique et lointain.
Les enfants entrèrent en désordre, ayant hâte de reprendre leur place au chaud.
Brice, tout de suite, remarqua qu'Aurélie manquait à l'appel.
Il s'approchait de mademoiselle Méline pour le lui dire lorsqu'une silhouette passa derrière la fenêtre. Quelqu'un frappa à la porte. Apparut la tête inquiète d'Antonin.
– Aurélie n'est pas là ?
Sa voix était forte et tremblante.
– Non, répondit mademoiselle Méline. J'ai pensé qu'elle était malade.
– C'est que..., fit Antonin de plus en plus inquiet, elle n'est pas venue manger à midi. J'ai cru qu'elle était ailleurs, elle le fait souvent, mais là...

Ce fut la consternation.

On comprit rapidement qu'Aurélie avait bel et bien disparu. Les idées les plus dramatiques s'entrechoquèrent aussitôt dans les têtes : elle avait été enlevée, elle s'était noyée dans la mare, Malelouve l'avait dévorée, un sadique l'avait violée.

Toute la classe fut spontanément plongée à nouveau dans l'angoisse.

Brice cependant résista à cette nouvelle panique : Aurélie, d'un instant à l'autre, allait revenir s'asseoir à sa place et lire avec application le roman d'Évelyne Brisou-Pellen sur le Sahara que mademoiselle Méline avait proposé.

Mais son assurance vola en éclats devant les visages plus qu'inquiets des adultes, devant la blancheur mortelle de mademoiselle Méline et la grimace qui soudain tordait ses lèvres.

– Il faut informer tout le village, dit enfin l'institutrice. Il faut qu'on la recherche partout.

Elle avait une petite voix haut perchée que personne ne lui connaissait.

Antonin hocha la tête en signe d'assentiment. Le pauvre homme sembla soudain tout à fait incapable de prononcer une seule parole. Il se tint le dos avec peine. Il venait de vieillir de dix ans au moins.

Tout tournait autour de lui : il avait peur d'aller dire à sa femme qu'il n'avait pas retrouvé Aurélie. Qu'il ne savait pas où elle

était. Il chercha une chaise et se laissa tomber dessus, puis n'en pouvant plus, il éclata en sanglots.
De voir ainsi ce vieil homme terrifié bouleversa toute la classe.
Le brouillard autour de l'école était devenu plus lourd, plus épais. On ne voyait plus rien. Pas le moindre arbre, pas la plus petite parcelle de terre. L'école devint comme un bateau perdu au milieu de l'océan. Comment, dans ces conditions, retrouver une fille disparue ?

Mademoiselle Méline elle-même perdit la tête. Elle sortit précipitamment sans rien dire et courut toute seule vers la mairie pour alerter la secrétaire. Brice en profita pour sortir aussi, fila directement à la mare toute proche. Il avait peur qu'Aurélie s'y soit noyée.
Les autres élèves, sous la direction de Claude, soudain mou comme une éponge, allèrent chercher refuge sous l'if. Les plus petits se cachèrent en pleurant derrière les cartons. Il y avait Angélique parmi eux.
Antonin finit par prendre conscience de l'endroit où il était. Il se leva et se dirigea en

zigzaguant vers le café où il espérait trouver aussi du renfort.

Brice courut. Le cœur lui fit mal tant l'émotion était grande.
« Vite, se dit-il, vite. »
Il aborda la mare. L'eau verte et lourde laissait s'échapper d'elle de la brume et cette vapeur nauséabonde allait se mêler aux grands rouleaux grisâtres qui envahissaient tout.

L'eau était immobile, parfaitement plate. Comment savoir ce qu'elle cachait ? Quel était son secret ? Y avait-il seulement un secret ? Le garçon fit le tour de la berge et essaya de découvrir des traces humaines. Il reconnut seulement les marques de vaches aux sabots profondément enfoncés, les empreintes de chiens et de poules.

Brice hésita, se pencha. Il glissa et sans s'en rendre très bien compte, il allait tomber à son tour dans la mare. Il avait enfoncé toute une jambe dans la boue et lorsqu'il se releva, il vit une ombre tout près, une ombre qui se penchait vers lui, qui lui tendait la main pour le sauver, une vague couleur jaune que dilua la brume. C'était la couleur du pull d'Aurélie. Il cria, appela.

– Oui, c'est moi.

Cette voix claire, à la fois proche et lointaine, le bouleversa.

– Où es-tu ?

– Là, près du buis.

Aurélie était de l'autre côté de l'eau et c'était son reflet que le garçon avait un instant entrevu.

– On te cherche partout, fit-il avec une sorte de reproche.

Il bondit près d'elle. Il voulut la toucher pour être sûr qu'elle existait vraiment, qu'elle n'était pas une chimère. Elle rit de voir sa jambe toute caparaçonnée de boue.

– Je suis allée du côté du château de Terre, dit-elle rapidement. Je voulais savoir si là-bas il n'y avait personne. Tu sais, les ruines hantées dont tu as parlé l'autre jour. Je me suis approchée et c'est à ce moment-là que le brouillard est arrivé. J'ai cru voir quelqu'un à l'intérieur d'une pièce, une petite lumière aussi, mais je n'en suis pas sûre. Je me suis très vite sauvée. Je ne voulais pas être poursuivie

par les bêtes, car j'ai vu aussi de grands chiens tenus en laisse, accrochés à un vieil arbre.
Essoufflée, Aurélie se tut. Ils s'avancèrent lentement, se tenant par la main vers l'école.

Elle ajouta :
– J'ai eu peur, tu sais, je me suis perdue dans le brouillard. J'ai bien cru que je ne saurais pas retrouver Pleuveterre.
Brice comprit Aurélie. Il lui sourit. Il eut pour elle, pour son courage, une bouffée d'admiration, car elle s'était avancée seule vers des mystères qui la dépassaient.
– Tu ne diras rien, dis ! Je ne veux pas me faire gronder.
– Non je ne dirai rien, fit Brice, mais on te croyait enlevée, étranglée, violée. Je t'assure, il y a eu un moment de panique lorsque…

Sur la place, Émile était là. Il était sorti du café et agitait les bras comme un fou.
Manifestement, la nouvelle qu'Antonin venait de répandre lui tournait à nouveau la tête. Il se montrait bien incapable, lui, le futur maire, de faire quelque chose de sensé. Il agitait les bras. Il criait fort des imprécations confuses

où l'on percevait parfois le mot « Malelouve »… On aurait dit à la fois Don Quichotte et le moulin.
– C'est Malelouve, disait en effet Émile. Elle a dévoré notre petite Aurélie, une enfant si sage. C'est ce monstre qui court librement dans les champs et qui croque les enfants. C'est comme la bête du Gévaudan.
Seuls mademoiselle Méline et Brice savaient ce qu'était la bête du Gévaudan, mais ce que disait Émile ne manquait pas d'à-propos ! Y avait-il désormais la bête de Pleuveterre ?

Quand Émile vit enfin Aurélie près de lui, il faillit s'étouffer et il lui lança un mauvais regard, comme s'il regrettait qu'elle soit revenue. Mademoiselle Méline surgit de la brume en courant. Elle vit Aurélie et se précipita sur elle, la prenant dans ses bras. Puis elle entra à nouveau comme une folle dans la classe, en pleurant, en riant. Ceux de l'if revinrent et les plus petits s'arrêtèrent vite de pleurer.

Chapitre 16

Après ces événements aussi confus que dramatiques, on essaya de comprendre.
Pourquoi un honnête homme se retrouvait fou en haut d'un arbre après être tombé dans la mare qu'il connaissait pourtant depuis quarante ans ou plus ? Comment un paysan s'était-il coincé sous le tracteur qu'il conduisait depuis plus de trente ans ? Comment une simple soirée de cirque avait-elle viré au cauchemar ? Pourquoi les enfants de Pleuveterre et ceux de Matovilliers s'étaient-ils transformés en statues de terre ? Pourquoi l'on avait cru un instant une écolière dévorée par Malelouve ?

Ces nouvelles commencèrent à circuler dans le pays. La presse locale trouva le sujet intéressant, et c'est ainsi que progressivement, il y eut des visiteurs à Pleuveterre où jamais personne ne venait.
Au café, quelques journalistes s'attablèrent à la même place où tant de fois Julien était

venu boire un verre. Ils posèrent quelques questions.
Ce furent Émile, Robert, le vieil Antonin et le cafetier qui répondirent, mais d'une façon si étrange où le réel se mélangeait au fantastique que les journalistes furent convaincus que ces vieux s'ennuyaient et montaient de toutes pièces ces histoires.
Le cafetier, par ailleurs peu loquace malgré les profits qu'il retirait de la situation, fut considéré comme un manipulateur. Robert sembla, ce qu'il était d'ailleurs, un brave garçon, mais quand il commença à parler de Malelouve, on le prit pour un fou. Antonin ne savait plus rien, il avait tout oublié. Désormais il ne parlait que lorsqu'il était seul, ou croyait l'être. Et ce qu'il disait alors ne tenait absolument pas debout.
Intrigués, les journalistes s'interrogèrent et se dirent qu'ils perdaient finalement leur temps.

L'hiver, bien que toujours là, commençait à donner des signes de faiblesse. On glissait doucement vers le printemps. L'air était plus humide. Quelquefois, dans la brume du matin, des oiseaux que l'on ne voyait pas se mettaient à chanter : un signal que l'on comprenait fort bien.

C'était la terre qui savait. Celle des mottes, des sillons. Déjà elle se craquelait et laissait pousser quelques brins d'herbe. Certes le gel était encore aux aguets pour les dévorer, mais une semaine après, il y avait d'autres tiges un peu plus longues.
Les paysans se mirent à rêver de la lourde toison des blés, des coups de vent qui, comme des vagues, s'en allaient vers l'infini.

Brice passa toutes ces journées dans une sorte de torpeur incertaine. Il avait du mal à différencier un lundi d'un dimanche. Mais cette apparente somnolence cachait en vérité un profond travail intérieur. C'était un peu comme un puzzle, et chaque jour se constituait un tableau auquel il n'aurait pas pensé de lui-même. En même temps, il attendait qu'un nouvel événement vienne mettre la touche finale à son tableau.
Cela par exemple n'était pas prévisible, mais les parents de Brice se disputèrent spontanément un mercredi soir, sans que rien n'annonce

un tel éclat.
– Tu ne peux pas, dit sa mère à son père, ne pas t'occuper de ce qui se passe à Pleuveterre et rester enfermé dans tes calculs. Tes enfants sont peut-être en danger. Il faut commencer à s'occuper de toutes ces choses. Tu ne prends pas tes responsabilités…
– Ce ne sont que vieilleries et superstitions, affirma le père, ennuyé à l'idée même d'en savoir plus. Et toi, que fais-tu ?
C'était vrai aussi, sa mère ne faisait pas grand-chose au village, occupée surtout par ses parents de Matovilliers.
– C'est vrai, dit-elle, ces histoires de Pleuveterre ne m'intéressent pas beaucoup. Si j'ai insisté pour venir vivre ici, c'est pour être bien au calme, pour profiter le plus possible de ces immensités. Tu te serais vu dans un HLM, ou mieux dans une cité pavillonnaire avec des voisins qui tondent leur gazon ou ramassent leurs feuilles mortes avec d'énormes aspirateurs ?
– Moi aussi j'aime le calme, et j'étais tout à fait d'accord pour venir vivre ici. Qu'est-ce que tu racontes ?
Il y eut un moment de calme. Brice, tout

comme Angélique, voulut en profiter pour parler du véritable problème : Malelouve.
– On est au XXIe siècle et les gens d'ici, du moins ce qui en reste, pensent comme au Moyen Âge.
Son père s'interrogeait tout seul. Sa mère se tenait coite.
Effectivement, comment une légende pouvait-elle encore tourner la tête ?
C'était à peine compréhensible.

Brice avait maintenant envie de recoller les morceaux du puzzle : cette femme parfois, cette bête qui rôde dans la campagne, ce château de Terre avec son histoire tragique et sanglante, la folie de Julien, les événements du cirque Mirmano, Aurélie et sa fausse disparition.
– Une légende, ça n'existe pas, dit soudain Angélique qui pourtant, depuis toujours, vivait dans un conte de fées.
Le père et la mère éclatèrent de rire.
– Ah oui !
Brice pourtant ne réagit pas.
– Tu ne dis rien, Brice, fit sa mère avec reproche.
– Non, je ne dis rien.
Et il monta se coucher. À quoi bon parler ?

Chapitre 17

Brice, ce jour-là, voulut être seul sans que se glisse au plus secret de lui la pensée de Malelouve. Il ne voulait plus réfléchir sur son existence ou sa non-existence, des ravages qu'elle faisait dans le village.

Il prit son vélo.

Il y avait partout cette bonne odeur qui annonçait le printemps. L'air soudain s'était débarrassé de la brume. Le soleil n'était pas plus gros qu'un gros jaune d'œuf perché dans le ciel, mais il avait le mérite d'être présent.

Brice prit la direction des Tertres Noirs, lesquels tertres, à force de labours, avaient été

en quelque sorte arasés pour permettre aux tracteurs un travail facile.
Pourtant la terre descendait lentement d'un côté. Jadis un petit ruisseau s'était frayé une large vallée on ne savait comment. Ce ruisseau avait depuis longtemps disparu et la vallée n'était plus, dans ces immensités sans fin, qu'une simple et harmonieuse ondulation.

Brice s'élança à toute allure sur la route goudronnée. L'air frais lui fouetta le visage. Il se mit à chanter. Les paroles n'avaient pas grand sens, elles traduisaient cependant son bonheur présent.
« À quoi bon s'encombrer la tête avec des légendes ? » se dit-il, reprenant en cela la pensée de son père.
La route allait droit vers un silo. Cela faisait longtemps que Brice n'était venu jusqu'ici. Ce n'était d'ailleurs pas un but de promenade puisqu'il n'y avait aucune possibilité d'échapper à l'étreinte des champs et des labours.

Brice s'approcha des silos. Ils se dressaient vers le ciel pareils à d'immenses fusées, ronds et peints en blanc, avec de grosses lettres inscrites en noir. Une impalpable poussière recouvrait les toits de tôle, les terminaux, le parking pour les tracteurs et les camions. Le lieu prenait des lueurs fantomatiques. Actuellement désertés par les paysans, ces silos qui emmagasinaient le fruit des moissons avaient un air d'abandon, mais aussi sembla-t-il à Brice l'aspect étrange d'une ville inconnue, lancée à travers l'espace par une civilisation encore plus inconnue.

Il essaya de résister à son imagination. Non, il n'était pas dans un film de science-fiction. Pourtant il essaya de se convaincre du contraire et pensa à la centrale atomique où il était déjà allé plusieurs fois, où tout était clair, net, sans le moindre recoin mystérieux. Ici, l'air d'abandon était beaucoup plus inquiétant. On avait l'impression d'être en présence d'un vieux navire spatial qui avait bourlingué de galaxie en galaxie pendant des millénaires. Des êtres mystérieux pouvaient d'un instant à l'autre apparaître.

« Ici, c'est du grain que l'on garde et ce grain fait du pain, du bon pain qui sent bon, qui donne faim. »

Brice se dit qu'il pourrait écrire une chanson sur ce thème.
Une tôle grinça quelque part, soumise à un léger courant d'air. Le garçon décida de faire le tour du silo et à nouveau s'enfonça dans la terre humide.

À peine avait-il fait quelques pas, dépassant un mur d'agglomérés, que sa peau se hérissa. Il entendit des sifflements terribles, et dans son désarroi il vit soudain le ciel se strier de noir. La peur le saisit à la gorge, et pourtant, très vite, il éclata de rire.
« Ce ne sont que des corneilles. Elles étaient là-haut perchées sur le silo à respirer la bonne odeur des grains, et je les ai dérangées ! »
Le vol partit au-dessus des champs. Il y avait aussi des pies et de maigres corbeaux, qui s'élancèrent apeurés au-dessus des terres et qui revinrent se percher tout en haut des structures de fer.

Les idées s'entrechoquaient dans sa tête : château de terre, centrale nucléaire, cathédrale des grains : il était bien là au cœur de son monde à lui, celui des paysans, des tracteurs, des

ingénieurs, des gens qui survivaient dans les villages désormais comme des îlots au milieu des océans, en naufragés.
Il éclata de rire en reprenant son vélo.
Il venait de découvrir un secret qu'il devait garder pour lui-même sous peine de se faire passer pour fou. Même mademoiselle Méline se moquerait de lui.

De nouveau sur la route, appuyant sur les pédales pour rejoindre Pleuveterre, Brice inventa une chanson :

J'avais rendez-vous avec Malelouve
près des silos près du grain
mais la bête cruelle n'est pas venue.
J'avais rendez-vous avec Malelouve
au milieu des sillons...

Peu avant le village, Brice repéra l'endroit où il était venu jouer, cela faisait plusieurs semaines, avec les soldats de plomb de sa grand-mère. Il déposa à nouveau son vélo et entra dans le champ. Les mottes qui avaient servi de remparts, de buttes, de collines s'étaient effritées. La pluie avait raviné le sol, et déjà de petites touffes d'herbe nouvelle commençaient à poindre. Il ne fut pas long à apercevoir le soldat de plomb oublié dans sa cape bleu horizon. Il le ramassa avec plaisir, comme s'il retrouvait enfin un ami perdu, et glissa la figurine dans sa poche.

Chapitre 18

Au repas de midi fut annoncé, à lui et à Angélique, quelque chose qui l'aurait sans doute fait rugir de plaisir quelque temps auparavant, mais qui le laissa indifférent : son père allait se présenter aux élections pour être maire.
Il n'y avait pas de doute : il battrait facilement Émile, mais Brice pensait à tout autre chose.

Un petit soleil tentait parfois de percer la brume. Des immenses champs labourés montait une odeur de terre mouillée, mais aussi d'herbe nouvelle et quelques chants d'oiseaux venus de nulle part confirmaient les changements.
Il fila sur la route vers le château de Terre. Il ne croisa personne sur son chemin et lorsqu'il décida de s'arrêter, il cacha le vélo dans un fossé.

Le château de Terre se découpait au loin, comme posé sur la ligne d'horizon, mais bien plus proche tout de même. Le feuillage commençait à venir aux frênes, aux tilleuls

que surplombaient toujours les chênes dénudés. Ce massif de feuillage ressemblait à une énorme bête allongée dans les champs ou encore à une île aux falaises noires.
Pourquoi Brice pensa-t-il, à cet instant, à Cintia, la ballerine fil de fer, qui devait garder un si mauvais souvenir de Pleuveterre ? Il sourit malgré tout. Le visage de Cintia se confondit rapidement avec celui d'Aurélie.

Le garçon avait décidé de s'approcher du château sans se faire voir, sans se faire repérer. Le vent emportait au loin son odeur. Pour le moment il rampait dans la terre, profitait du moindre sillon profond qui le protégeait des regards.
Rien ne laissait supposer une présence dans cet îlot de feuillage, dans les ruines du château médiéval et de l'ancienne maison bourgeoise.
Il continua à s'avancer, les sens en alerte pour saisir le moindre son, la moindre odeur.
La nature était calme autour de lui
Combien de temps mit-il pour atteindre le couvert des buissons ? Une heure, peut-être plus. Une fois arrivé, il remarqua sur le sol, entre les racines des buis, une multitude de traces. Il savait que tous les animaux cher-

chaient refuge dans ces terres encore sauvages, chassés des champs par les tracteurs, les labours et les moissons.
Brice repéra un passage entrant plus profondément dans le couvert.

Brusquement, il vit comme un éclair de peau fauve, un regard rouge face à lui et un hurlement terrible envahit tout l'espace et lui glaça les os. Il essaya de se retourner pour fuir, mais les branches s'agrippèrent à ses vêtements et les déchirèrent. Une féroce galopade se déclencha et il sentit contre ses jambes et sur son épaule un souffle chaud. Il allait être la proie des fauves qu'il venait d'éveiller dans leur repaire.
Brice se ressaisit. Il ne pouvait pas mourir ici déchiré par ces dents qu'il voyait dans l'ombre. Il devait se battre. Il tendit ses mains en avant, des mains prêtes à broyer, à étrangler. Il atteignit une peau qui glissa et à cet instant il fut mordu au flanc. Il poussa à son tour un cri terrible et il fut projeté à terre par deux pattes énormes.
Le garçon perdit conscience à cet instant.
« Je suis mort », se dit-il tandis que la douleur le quittait bizarrement.

Chapitre 19

Combien de temps demeura-t-il ainsi livré aux bêtes ? Très peu sans doute, car il entendit des voix familières et il devina qu'on le transportait doucement. L'odeur des fauves, si souvent rencontrée dans le passé, avait soudain disparu, et il sentit tout d'abord une odeur de tabac et aussi, à sa plus grande surprise, le parfum de mademoiselle Méline.

« Je ne suis pas en classe, se dit encore Brice. Je suis réellement mort. Que vient faire ici mademoiselle Méline ? »

C'était pourtant elle qui parlait maintenant. Elle parlait à quelqu'un que Brice ne pouvait pas voir, car il gardait les yeux fermés. Il voulait les ouvrir, mais il luttait en vain. Cela lui demandait un effort qu'il ne pouvait pas réaliser.

– Nous y voilà !, disait mademoiselle Méline sur un ton de colère contenue. Encore une nouvelle catastrophe avec ces chiens.

– Mais ils sont gentils, je t'assure, ils voulaient simplement jouer avec Brice. Et puis, comment

ce garçon est-il arrivé jusqu'ici ?
La voix qui parlait était vive et pointue.
– Tu sais bien que tout le monde s'interroge depuis tous ces événements. C'est la curiosité, j'en suis sûre. Et j'en suis responsable aussi. Je lui ai donné à faire un exposé sur le château de Terre, c'est normal qu'il veuille venir ici.
Brice lentement ouvrit les yeux.

– Brice, n'aie pas peur, dit aussitôt mademoiselle Méline. Tu n'as rien à craindre.
Quand il ouvrit les yeux, le garçon vit une jeune femme inconnue assise près de lui.
Elle avait de longs cheveux blonds, un regard un peu étrange, comme égaré. Elle avait sur elle un pull de couleur rose et tenait au bout de ses doigts une cigarette allumée.
– Brice, dit cette jeune femme d'une voix cassée par le tabac, je vais t'expliquer.
– Attends, coupa mademoiselle Méline, il faut que tu changes tes vêtements, car ils sont tout déchirés. La morsure est superficielle. J'ai mis du Mercurochrome et tu ne dois plus rien ressentir. N'est-ce pas ?
– Non, répondit Brice éberlué.
La jeune femme inconnue ressemblait à

mademoiselle Méline, en plus âgée. Ce devait être, sans aucun doute, sa sœur.

– Quand ma sœur, dit l'inconnue, a été nommée à Pleuveterre, j'ai pensé que je pouvais venir habiter ici. Louer ce vieux logis. J'avais toujours rêvé habiter une maison solitaire, perdue dans la nature, au bout du monde. J'aime la solitude, car j'écris des poèmes et des contes. Pour moi, je réalisais un rêve.
J'avais vécu pendant plusieurs années très loin d'ici, sur une île de la Méditerranée qui se nomme Ibiza. Une île toute blanche, fleurie, hiver comme été, avec du vent qui remue la mer toujours bleue et des calanques sauvages. Je voulais cependant revenir ici pour retrouver mes racines et écrire un livre que j'ai dans le cœur depuis toujours.

La sœur de mademoiselle Méline s'arrêta. Elle semblait oppressée par cette confession. Mademoiselle Méline elle-même l'écoutait passionnément. Brice surprit entre les deux sœurs beaucoup d'amour.
Un hurlement se fit brusquement entendre.

Brice tressaillit.
– N'aie pas peur, dit mademoiselle Méline, on a attaché les chiens, mais il n'aiment pas cela. Ces chiens, il leur faut toujours courir, toujours jouer.
– Ce sont des lévriers d'Ibiza, dit le garçon.
– Oui. Je savais que tu te doutais, dans l'encyclopédie on parle très bien d'eux.
– Laure, ajouta mademoiselle Méline, va les calmer ! C'est vrai que ces chiens ont une drôle de manière d'aboyer.
Laure se leva et sortit. Les hurlements se transformèrent en jappements joyeux.
– Ma sœur, continua mademoiselle Méline, a ramené ces trois chiens d'Ibiza ; ils étaient tout petits, j'en ai été folle moi aussi. Mais bien vite ils sont devenus grands. On aurait dit qu'ils ne voulaient plus s'arrêter de grandir. Il leur fallait de l'espace. C'est pour cela que moi aussi, j'ai pensé que ce serait bien que Laure s'installe ici. Enfin j'allais avoir ma sœur longtemps près de moi. Mais tout est allé de travers. Il y avait cette légende de Malelouve. Il y a eu les gens du café qui ont commencé à avoir peur et ton oncle Julien qui est tombé dans la mare. Ensuite

Robert qui a vu les chiens courir près de son tracteur, puis le cirque Mirmano. Les trois chiens s'étaient échappés ce soir-là et s'étaient approchés de Pleuveterre, sans doute attirés par des odeurs qu'ils ne connaissaient pas. Leur hurlement, leur présence a déclenché la panique…

Laure revint. Elle sourit. Son visage était fatigué, vieilli.
– Tu sais tout, Brice. Voilà comment trois chiens ont réveillé une légende. C'est peut-être un beau sujet de roman. Mais je suis très malheureuse. Je vais partir d'ici. Si l'on sait tout cela, ma sœur aura…
– Tais-toi, coupa mademoiselle Méline.

Brice n'écoutait plus les deux sœurs qui se chamaillaient. Il était ailleurs, comme coupé de lui-même, étrangement lointain.
Il sortit sur le pas de la porte.
Le soir tombait. Des nuages roses glissaient au-dessus des terres et diffusaient une lumière très tendre. L'horizon, vu d'ici, se penchait un peu. Le château de Terre avait été magnifiquement situé. On se retrouvait ici au milieu d'un océan.

Il regarda longuement cette terre qui dans quelques jours serait verte et il se dit qu'il aimait ce pays.
« C'est un pays de terre, se dit-il, un vrai pays de terre. »

Mademoiselle Méline vint près de lui et murmura :
– C'est beau, surtout à cette heure.
La jeune femme lui posa la main sur l'épaule.
– Je vais te raccompagner. J'ai ma 2 CV garée tout près. J'expliquerai ce qui s'est passé à tes parents.

Brice soupira. Il sentit son cœur se serrer. Il savait maintenant que plus jamais Malelouve ne reviendrait à Pleuveterre.

FIN

Niveau 1

Bêtes à rire
Serge Boëche, Régis Delpeuch & Christian Louis

Histoires de dragons
Régis Delpeuch

Histoires de sorcières
Marcel Pineau

Chiffon ou Les Peurs d'un petit chien
Vonny Dufossé

Il était une fois six contes
Alain Dostes & Michel Sanz

Le Bêtisovore
Pascale Boutry & Régis Delpeuch

Léon polisson/Léon gourmand
Michel Piquemal & Jacques Boisnard

Léon casse-cou/Léon grognon
Michel Piquemal & Jacques Boisnard

Léon curieux/Léon timide
Michel Piquemal & Jacques Boisnard

Léon tête en l'air/Léon pagaille
Michel Piquemal & Jacques Boisnard

Un dragon encombrant
Régis Delpeuch

Histoires de loups
Michel Piquemal

La sorcière qui se rongeait les ongles
Serge Boëche

la sorcière mal aimée
Serge Boëche

Un copain extra... terrestre
Régis Delpeuch

À pas de loup !
Régis Delpeuch

Niveau 2

Le Mystère de la rose bleue
Pierre Debor

Meurtre au Palais-Royal
Marcel Pineau

Le Nombre d'or ou Le Secret des volutes
Marcel Pineau

Rififi au collège
Régis Delpeuch

Les Jouets du clown Modur
Pierre Rouanne

Danse avec la mer
Yves Heurté

Vive le bruit !
Gérard Hubert-Richou

La Sentinelle des collines
Christian Louis

Tous les livres de cette collection sont disponibles chez l'Éditeur en vous adressant à :
Éditions SEDRAP – BP 1365 – 31106 TOULOUSE Cedex – www.sedrap.fr

Niveau 2

Rififi à Sarlat
Régis Delpeuch

Plume de bison et les foies jaunes
Philippe Leroyer

Les Brumes d'Ébène
Christian Louis

Les Éboueurs du ciel
Marc Gérard

Histoires d'Indiens
Michel Piquemal

On a volé le coati
Thierry Bénardeau & Marcel Pineau

L'aigle de Titus
Daniel Royo

L'esprit de la vallée
Pierre Rouanne

La dernière balle
Jean-Pierre Kerloc'h

La ruche d'or
Muriel Carminati

Malelouve des terres à brume
Michel Cosem

Au bois sauvage
Yves Heurté

Niveau 3

Petite Anthologie du policier
Sylvie Allemand

Petite Anthologie du fantastique
Michel Piquemal & Joëlle Wintrebert

Petite Anthologie de la mythologie
Michel Piquemal & Dominique Garcia

Petite Anthologie du théâtre comique
Michel Piquemal, Dominique Garcia & Daniel Royo

Petite Anthologie du conte
Michel Piquemal & Daniel Royo

Petite Anthologie de la science-fiction
Joëlle Wintrebert

Petite Anthologie de la nouvelle
Jean-Pierre Kerloc'h

À moi le monde
Jean-Pierre Lesgourgues

Tous les livres de cette collection sont disponibles chez l'Éditeur en vous adressant à :
Éditions SEDRAP – BP 1365 – 31106 TOULOUSE Cedex – www.sedrap.fr

Imprimerie France Quercy, Cahors - Dépôt légal : juillet 2004 - n° d'impression : 41638